遠い町できみは

高遠ちとせ

Chitose Takato

ポプラ社

遠い町できみは

装画　ふすい
装丁　岡本歌織（next door design）

目次

第一章　翔

1

翔《しょう》が八重浜町《やえはままち》に出発する朝、英一《えいいち》は起きてこなかった。

両親の寝室のドアはぴったりと閉ざされたままだ。そっと覗《のぞ》き込もうとしたところで、祖母に止められた。

「お薬がなかなか効かなくて、明け方になってようやく眠れたみたいなの。可哀想だから寝かせてあげてちょうだい」

うん、と頷《うなず》いてリビングに戻り、祖母が用意してくれたトーストと目玉焼きの朝食をできるだけゆっくり食べた。もしかしたら英一が起きてくるかもしれない。だが、寝室のドアは閉じたままだった。

出かける準備は昨日のうちに全部終わっている。もっと時間を稼ぐ方法がないかと考えて、あ、と思い出した。リビングの片隅に置いてある真新しい白木の仏壇に線香をあげようとしたが、それも祖母に止められた。

「あー、だめだめ。そろそろ家を出ないと、新幹線に乗り遅れちゃうでしょ。お線香の火が点いたままだと危ないから、我慢してちょうだい。帰ってきたら、おばあちゃんが翔ちゃんの分までちゃんとお線香あげるから、心配しないで」

なので、翔は父にも母にも挨拶しないまま、生まれてから十一年間住んでいたマンションを後にした。

東京駅までのあいだ、祖母は同じ話を繰り返した。

「こんなことになっちゃってごめんなさいね。きっとすぐに迎えに行けると思うから、可哀想だけど少しのあいだ我慢してね。あちらのおうちではいい子にしてるのよ。お父さんに心配かけないようにね。いい子にしてたら、お父さん、すぐに元気になるわ」

新幹線のホームまでついてきた祖母は、飲み物はあるか、トイレは大丈夫か、財布はちゃんとしまっておきなさいなど、出発のギリギリまで世話を焼いた。翔が無事に座席についてからは、窓の外から手を振り、時折ハンカチで目を押さえる。それを見ていると、なんだか変な気分になった。まるでもう二度と会えないみたいだ。そんな疑念を振り払うように、力いっぱい手を振った。

発車のチャイムが鳴り響き、新幹線がゆっくりと動き出す。泣き顔の祖母が見えなくなると、少しほっとした。

新幹線に乗っているあいだは買ってもらったばかりのゲームで時間を潰そうと思っていたが、窓の外を見ているうちにぼんやりとした眠気が訪れた。

昨夜、眠れなかったのは翔も同じだった。翔の部屋の前を何度も行ったり来たりして、ときにはドアを開けてベッドを覗き込む英一に気づかれないように、ずっと寝たふりをしていた。翔が眠れないでいると知ったら、英一はますます眠れなくなってしまうだろうから。

お母さんが生きていたなら、と思う。

どうせ眠れないんだったら、みんなで夜更かししちゃいましょ、と提案するだろう。映画でも見ようか、それともゲーム大会にする？　太るけどアイス食べちゃおうよ、と翔と英一の気分を明るくしてくれただろう。

そんなことを考えながらうとうとしているうちに、新幹線は駅に到着した。

改札を出ずにそのまま在来線ホームに向かう。初めての駅だったが、事前にネットで調べておいたおかげで迷わなかった。乗り換えの電車を待つあいだ、ふと思った。

このままどこかに行ってしまっても、誰も困らないんじゃないかな。

背負っているリュックサックには数日分の着替えがあるし、斜めがけにした小さなバッグには祖母から渡された少なくない額の小遣いが入っている。このままどこか遠くへ行ってしまおうか。

　そんな想像をしてふっと笑ってしまった。これから翔が行こうとしている場所こそ、まさに遠い町だ。

　やがてやってきた電車に乗り込む。車窓から、東京ではとうに盛りを過ぎた桜がようやく見頃を迎えているのが見えた。ぼんやりと眺めながら、とても遠い場所に来てしまったんだなと思った。


　八重浜駅の改札を抜けると、ロータリーに停めた白い軽トラックの脇で叔母の香夏子《かなこ》が手を振っているのが目に入った。真っ黒に日焼けをし、金茶色の髪は男の人のように短く、むき出しになった耳には金の輪っかのピアスがきらめいている。

「よく来たねー。一人で偉かったね。迷わなかった？　荷物それだけ？　じゃあ、荷台にのせちゃって」

　母の妹である香夏子は、見た目は似ていなかったが、朗らかな口調は母を彷彿とさせた。こんにちはと下げた頭を力強くなでられた。

「さ、乗って、乗って」

　急かされて助手席に乗り込む。シートベルトを締めるか締めないかのうちに、香夏子は軽トラを発進させた。慎重な英一の運転とは違い、弾みでがくんと体が揺れる。

「あらためて、八重浜町へようこそ」

太平洋にぽっちりと突き出した半島。陸地と地続きの部分も運河で区切られているため、まるで島のような小さな町。母の故郷であるこの町で、今日から翔は暮らしてゆく。

運河に渡された橋を渡ってすぐ道は上り坂になった。かと思うと、ぐるりと回りながら下ってゆく。

「町全体が丘陵地になってるから、アップダウンが多いんだ。どこに行くにも坂道だから足腰鍛えられるよ。あそこが小学校。となりは中学校ね。丘のてっぺんにあるから、見晴らしいいよ。わたしもお姉ちゃんも同じ学校に通ったんだ」

香夏子が指し示した先に、緑色のフェンスに囲まれた校庭と校舎が見えた。いままで通っていた学校より校庭がずっと広く、地面が土なのが新鮮だった。

校庭の脇を通り過ぎ、ふたたび下り坂にさしかかると街路樹の隙間から水平線が見えた。わずかに見えた水平線はすぐに樹木に遮られて見えなくなる。曲がりくねった坂道を下り続け、海の見え隠れが頻繁になった頃、坂道が終わった。軽トラは狭い道を防波堤沿いに走ってゆく。「向こう側はすぐ海だよ」と香夏子が教えてくれたが、目線の高さより上に防波堤があるため、座席からは見えない。

香夏子が右に曲がるウィンカーを出したのと防波堤が途切れたのとは同時だった。港が現れた。小さな船がたくさん停泊している。テトラポッドに守られたコンクリートの道が海に向かって延びていて、先端には白い灯台があった。

「覚えてる？　一年生の夏休みに来たよね」

あやふやに相槌を打った。父と母と三人で遊びに来た思い出は、なんだか昔話のように遠い。

香夏子は漁港から道路を挟んだ反対側にある空き地に車を乗り入れた。空き地から先は丘陵になっていて、こんもりとした緑の木々の合間を縫うように家が立ち並んでいる。どれもこれも古びた家ばかりだ。一番手前、コンクリートで補強した土台の上に建つ二階建てが、母の実家だった。

玄関の引き戸を開けると広い沓脱《くつ》ぎがあった。右側には長靴や長い柄のついた網や、何に使うかわからないものがごちゃごちゃ置いてある。家の中は薄暗く、煮炊きしている匂いの中に、カビや埃のような奇妙な臭いが混じっていた。

玄関を入ってすぐ左手の部屋が茶の間だった。畳の部屋で真ん中に大きな座卓がある。ガラス戸のついた簞笥《たんす》には、こけしや日本人形、折り紙で作ったらしい手毬《てまり》のようなものが飾られてある。古めかしい品々が並ぶ中、部屋の端に置かれた薄型のテレビだけが妙に浮いていた。

襖《ふすま》を開け放してある隣の部屋には、黒光りする仏壇が置いてあった。マンションにあったものよりも格段に大きく、壁の半分近くを占めている。手前には小さな台があり、白と黄色の菊の花が飾ってあった。天井近くの壁には、額縁に入ったたくさんの写真が飾られている。白黒の古い写真から始まって、ずらりと見知らぬ顔が並んでいた。

「一人で遠いとこよぐ来たな」

奥から公子《きみこ》がシワの多い顔を覗かせた。香夏子に負けないくらい真っ黒であまり表情を変えない。いつも小綺麗にしている父方の祖母に比べると、ひどく年寄りに見えた。

　翔は正座し頭を下げた。

「これからよろしくお願いします」

　顔を上げると、公子は怒ったような気むずかしげな、香夏子はくしゃみを堪えているような顔でこちらを見ていた。

「堅苦しくしねぐていいから。腹減ったべ。昼にすっぺし」

　すぐに公子と香夏子の手で料理が並べられた。手伝いを申し出たが、「いいから、いいから」と押しとどめられた。

　座卓の上には、ご飯に味噌汁、菜の花のおひたしに、萎《しな》びたようなナスの漬物、メインは煮た赤い魚で、一人一匹ずつ並べられた。うわ、とのけぞりたい気持ちを抑える。丸ごとの魚なんて食べたことない。

　いただきますと手を合わせ、赤い魚におそるおそる箸をつける。とろりとした身が舌に残る感じがして気持ち悪い。白く濁った目に睨まれているような気がする。味噌汁で流し込むが、汁の中にも骨つきの魚の切り身が入っていて、なんだか生臭い気がした。炊きたてのご飯と、添えられた黒光りする海苔《のり》だけが美味しかった。

　そればかり食べていると、公子に睨まれた。

「都会の子は、やっぱ魚なんか食わねえんだな」

ぼそりと言われてうつむいてしまう。

「母さんってば」

香夏子がたしなめるように口を挟んだ。

「お腹いっぱいなら外に行ってきたら？　退屈でしょ」

翔は食卓に目をやってためらった。煮魚はほとんど手つかずのまま残してしまっている。

「気にしなくていいよ。夕飯のときにわたしが食べるから。ね、母さん」

公子は険しい顔のまま口を開いた。

「外さ行くのはかまわねえけど、八重浜で暮らしていくからには、いくつか守ってもらわねえどなんねえ約束ごとがあっから」

「はい」

何を言われるのだろうかと、正座をし直した。

「一つめは周りに大人がいない時には海に入らない。二つめは今日は駄目だと止められた日は海に近づかない。三つめは暗くなってからは海に近づかない。万が一、一緒に遊んでいた友だちが海に落ちたり溺れたりしたときは、自分で助けようと思わないで必ず周りの大人に助けを求める。いいか、海を甘く見るんじゃねえぞ。守れるな？」

翔は、はいと頷いた。

「んだば、食べ終わった食器を台所に下げてから行ってこい」

言われた通り、食器を重ねて立ち上がった。慣れない正座に足が痺れていたけれど、気づかれないように踏ん張った。

　防波堤から海を覗き込んだ。どのくらい深いのかわからないけれど、底までしっかりと見通せる。岩に付着した海藻が波の動きに合わせて揺らめく。海藻の隙間で何かがきらりと閃いた。じっと見ているると小さな魚が群れているのがわかった。数十匹が海面近くまで浮き上がり、ひらりと身を翻しては潜ってゆく。目が慣れてくると海底を這うようにして動く魚が見えた。岩の窪《くぼ》みを大きなカニがゆっくりと歩いている。

　そうだ、と思いついた。写真を撮ってお父さんに送ってあげよう。こっちに来るにあたって買ってもらったスマートフォンはリュックに入れっぱなしだ。取りに戻ろうと立ち上がった時、自転車にまたがったまま自分を見ている少年と目が合った。

　小柄で痩せっぽちの子だ。年下だろうか。髪の毛は金色に脱色されていて、てっぺんのほうが黒くなっている。目がぎょろりと大きいところが、さっき食卓にのっていた魚のようだった。少年は自転車を横倒しにすると、片手につかんでいた釣竿を肩に掛けた。動作の合間にちらちらとこちらの様子を気にかけている。翔は話しかけてみた。

「何が釣れるの？」

　少年は戸惑ったようにあたりを見回したが、ぼそぼそと答えた。

「ハゼ。運が良ければアイナメ。ヒラメとかスズキも釣れるらしいけど、おれは釣ったことない」

「ハゼってこのちっちゃい魚?」

水面を指差すと、彼は覗き込んだ。

「これはボラの子。獲ったって食えねえよ」

「カニは?　カニがいたんだけど。ほら、岩のとこ」

「ワタリガニ。味噌汁に入れると旨い。けど、タモがないから獲れない」

少年はまじまじとこちらを見た。

「おまえ、どこの子?」

訊ねられて、正面の家を指差した。

「今日から少しのあいだ、おばあさんの家に住むんだ」

少年はふーんと唸り、あとは話題がなくなった。彼は釣竿をもてあそび、翔はスニーカーのつま先で防波堤の上で干からびているヒトデを突《つつ》いた。

「おまえさあ」

少年が口を開きかけたとき、名前を呼ばれた。振り返ると玄関先で香夏子が手を振っている。

「電話だよ、お父さんから」

翔の胸がぴょこんと弾んだ。

「すぐ行く!　切らないで」

香夏子に叫び返し、少年を見た。彼は怒ったように背を向けると、そのまま自転車にまたがり、ぐいぐいとペダルを漕いで家の前の坂道を登ってゆく。変な子、と思ったけれど今はそれどころじゃない。香夏子のところに駆け寄った。

「栗原《くりはら》んとこの子だね。なんか言われた？」

香夏子は少年の行った方向を見ながら訊ねた。

「どこの子って訊かれただけ」

そっか、香夏子は呟《つぶや》いた。

「同じクラスになっちゃうかもね。二クラスしかないから」

すぐに家の中に駆け込みたかったが、香夏子の口ぶりが気になった。足を止めた翔に香夏子はためらいがちに言った。

「あの子にはあんまり関わらないほうがいいよ。ちょっと問題がある子だから。いい噂を聞かないいんだ」

歯切れ悪く言うと、香夏子ははっとしたように家の中を振り向いた。

「そうだ、電話、電話。お父さん、待たせちゃうね」

香夏子の後について家に入ると、茶の間の電話機で公子が喋っていた。

「まず無理しねえことが一番だっちゃ。なんも気にすんな。少しも迷惑なんかじゃねえ」

公子が翔に気づき、

「戻ってきた。代わるから」

と受話器を渡してくれた。公子の体温で生温かくなった受話器を耳に押し当てる。

「もしもし、翔か？」

英一の穏やかな声がなんだかひどく懐かしい気がした。

「ごめんな。今朝、起きられなくて。駅まで送って行こうと思ってたんだけど。ごめん」

「そんなの気にしなくていいよ。おばあちゃんが送ってくれたし、大丈夫。乗り換えだって迷わなかったよ」

「でも、ごめん。本当だったら八重浜まで一緒に行くべきだったんだ。いや、そもそも……」

英一の声が沈むのを食い止めるように、翔は声を張り上げた。

「あのね、海がびっくりするくらいきれいなんだ。防波堤から魚が見えるんだよ。カニもいた。あとで写真送るね」

そうか、と英一の声がほころんだ。

「お父さんも来ればいいよ」

電話の向こうでためらう気配がしたので慌てて付け加えた。

「元気になったらさ」

少しのあいだ、沈黙があった。

「そうだね。ご挨拶もしなくちゃならないし、近々行くようにするよ。さっき香夏子さんから聞いたけど、そっちで暮らすには自転車が必要なんだってね。そのとき、買いに行こうな」

「うん。楽しみにしてる」

明後日から始まる学校の話や、宅配便で送ってもらった着替えなどの受け取り時間の確認をして、じゃあ、と電話を切りかけたとき、英一が言った。

「何かあったらいつでも、何時でも構わないから電話してきていいからね。出られない時があるかもしれないけれど、着信があったら必ずかけ直すから。離れていてもぼくたちは家族なんだ。何かあったらすぐに飛んでいくから」

英一らしい生真面目な言葉に、つんと鼻の奥が痛くなった。

「大丈夫だよ。ありがとう、お父さん」

電話を切った後、心配そうにこちらを見ている香夏子と目が合った。

「もしかして英一さん、今朝見送ってくれなかったの？」

問われて、うん、と、ううんの狭間で曖昧に答える。それ以上なにか訊かれる前に、翔は早口になった。

「お父さんに海の写真を送るって約束したから、撮りに行ってくるね」

気をつけてね、と言う香夏子に背を向けて外に飛び出した。

まだ午後は浅かったが、春の陽射しは弱くなっていた。さっきまで光が射し込んでいた海は、テトラポッドの陰になり見通せなくなってしまった。これでは写真を撮ってもうまく写らないだろう。

風向きが変わったのか海からひんやりとした風が吹き付けてきて、くしゃみが飛び出した。くしゃみが何発か出て、喉の奥がちりちりしてきたら風邪を引く合図だ。

（翔は季節の変わり目に風邪を引きやすいから、自分でも気をつけるんだよ。喉が痛くなる前にあったかくしてね）

母が口癖のように言っていたと思い出す。転校したての新学期から風邪を引いて休んでしまうなんてしたくない。早く家の中に入ったほうがいい。

わかっていたが、動けなかった。淡く霞んだ水平線に目を凝らし、冷たい潮風が瞼《まぶた》を乾かしてくれるのをじっと待った。

2

新しい学校にはすぐに慣れた。

仲間外れになったりしないか心配だったが、一学年に二クラスずつしかない小さな学校は転校生が少ないらしい。誰もがこぞって翔と仲良くなりたがった。翔は愛想よく受け答えしていればよかった。

香夏子が懸念していた通り、海で出会った少年は同じクラスだった。栗原大也《だいや》という名のその少年は、友だちがいないのか休み時間でもいつも一人でいる。いじめられているというより、みんなが怖がって近づかない感じだ。先生でさえ、なんとなく距離を置いている。

クラスで孤立している子はもう一人いた。窓際の席の河崎美波《かわさきみなみ》という女子だ。学校に馴染めないのだろう。大也のような子も、美波のような子も珍しくはない。前の学校にも何人かいた。周りがあまり関わらないようにしているところも同じだった。

「鳴海《なるみ》、帰ったらハゼ釣りに行こうぜ」

仲良くなった数人と帰る道すがら、リーダー格の慎介《しんすけ》が誘った。

「六時間目まであったし、浜まで行くと時間なくなっちゃうから、今日はやめとく」

子どもは港では遊ばないと知った。働く大人たちの邪魔になると容赦なく怒鳴られてしまうからだ。防波堤は釣りに最適らしいが、たいていは大人の本格的な釣り人たちに占領されてしまっている。

慎介たちがよく遊んでいるのは、八重浜漁港から北に歩いて三十分ほどのところにある花咲浜《はなさき》だ。幅百メートルもない小さな浜だが、砂浜も磯場もあり、遊ぶにはもってこいだった。八重浜町には地図にはのっていないような小さな浜が無数に存在している。

難点はそこまで行く道のりだった。公子の家からだと急な勾配《こうばい》を二度も乗り越えなくてはならない。歩くしか移動手段のない翔には厳しい道のりだった。

「じゃあ土曜日な。それだったら半日は遊べるし」

そうだねと頷いてはみたが、あまり乗り気にはなれなかった。こっちに来てから何度か釣りに誘ってもらったけれど、楽しいとは思えなかった。

釣り糸を垂れて、せいぜい子どものてのひらサイズのハゼを釣っても、どうせ最後には海に放してしまう。一匹、二匹ぽっち持ち帰っても喜ばれないのだ。不気味極まりないアオイソメを針に刺したり、エラにひっかかってしまった針を外そうとして魚の口を裂いてしまうくらいなら、泳ぐ魚を見ているだけのほうがずっといい。

前の学校では、放課後に友だちと遊ぶなんてほとんどなかった。翔はスイミングスクールと英会話に通っていたし、クラスの子たちも塾や習い事を掛け持ちするのが普通だった。八重浜町の子どもたちの中にも塾に通ったり習い事をしている子はいるらしいが、全体的にのんびりとしている。

小学校の門を出て一つ目の交差点が分岐点だ。ここから三つの地区に向かって道路が分かれる。公子の家は一番南側の地区に属しており、八重浜町の中でも特に古い地域なのだそうだ。住人の大半は高齢者で、子どもの姿はほとんど見かけない。慎介たちは北側の地区の子だ。小学校に通う子どもの大部分は、そちら側から通ってきている。

「また明日な」

彼らと交差点で別れると、そこから先は一人だ。町道から一本脇道に入った、畑と林のあいだを通る農道を帰る。町道は車通りが多く歩道も整備されていないため、この辺りの子どもは農道を通学路にしているという。

まだ花を残している山桜の下をのんびりと歩いた。人の目を気にしないで済むこの時間が一番好きだった。

英一からは毎晩電話がかかってきた。英一が電話をかけられない時は、祖母が連絡をくれる。二人とも翔の体調や新しい生活に慣れたかどうかを気遣ってくれる。翔は、教室の窓から見える海の色合いや、初めて釣りに行ったときの顚末《てんまつ》、公子と一緒に庭の草むしりをした話などをする。

「草を引っこ抜いたら、めちゃくちゃぶっといミミズが出て来たんだよ。ぼく、あんな太いミミズ見たの初めてでびっくりした」

「アオイソメってすっごい臭いんだよ、お父さん知ってた？」

この町で翔が体験したことを面白おかしく話すと英一は喜んでくれる。だから、ミミズを見て足がすくんでしまったことや、アオイソメを触りたくなくて針につけたふりをして釣りをしたことは内緒だ。

午前中に降った雨のせいで、アスファルトの敷かれていない土の道にはところどころ水たまりができていた。ウグイスの鳴き声が響く。まだ上手く鳴けないらしく、ケキョ、キョと聞こえる。すぐ近くで低い牛の鳴き声がした。

どこかで牛を飼っているのだろうか。それなら見てみたいとあたりを見回した時、後ろを歩く大也に気がついた。ビニールが破けてびろびろしている傘を剣のように振り回している。向こうはずいぶん前から翔に気づいていたに違いないが、素知らぬ顔をしていた。

栗原大也には近づかないほうがいいという忠告は、香夏子だけではなく、慎介や何人かの女子からも聞かされていた。香夏子は言葉を濁していたが、大也の母親はとても若い頃に大也を産んだ。父親は誰なのかわからないらしい。大也は子どもの頃から手癖が悪く、何度も補導されているという。校内で暴力事件を起こし、隔離教室で授業を受けていた時期もあるのだそうだ。

鳴海くんも関わっちゃダメだよ、と隣の席の女子は訳知り顔で忠告してくれたが、どうなんだろうと思う。最初に海で話した時、変な子だなとは思ったけど、言われているほど悪い子には見えなかった。

「栗原くん」

呼びかけると、大也の薄い背中がびくりとした。

「帰り道、こっちのほうなんだね。一緒に帰ろうよ」

振り返った大也はしかめっ面をしていた。

「周りの奴らに、おれと関わるなって言われてんじゃねーの？」

ためらっている間に大也は、すたすたと歩いてゆく。心なしか歩く速度が遅くなった気がした。翔は大也の背中を追いかけた。

「給食の焼きそば、美味しかったよね。おかわりしようと思ったけど、時間なくて間に合わなかったんだ」

「明日の体育、マラソンだってね。走るの苦手だから気が重いな。栗原くんはマラソン好き？」

話しかけるが返事はない。時折、めんどくさそうな視線が投げかけられるだけだ。へこたれそうになる気持ちを奮い立たせながらついてゆく。

行く手を阻む大きな水たまりを大也は軽々と飛び越える。泥をはね上げてしまいそうなので迂回しようとして、ふと地面にある黒い塊に気がついた。

なんだろう。

なんの気なしに近づいてみて、うわっと小さく悲鳴をあげた。巨大なカエルだった。大人のこぶしよりも大きく、黒っぽい体をしている。気がついてみれば、道のあちらこちらに同じような黒い塊が点々としていた。

ぞっとした。小さなアマガエルでもお近づきになりたくないのに、こんな規格外サイズのカエルなんて冗談じゃない。大也はまったく気に留めず歩いてゆく。

田舎の子ってすごい、と思いながら翔はじりじりと後ずさりをした。

戻ろう。戻って、町道を帰ろう。

踵《きびす》を返した瞬間、さらに背筋が凍った。今まで通って来た道にも黒い点々がいくつもあったのだ。どうして気づかなかったのだろう。

立ち尽くしてしまった。

気がつかない時は平気で通れた道が、身震いするほど恐ろしい。カエルたちは微動だにしていないように見える。けれど、油断はできない。脇を通り抜けるときに突然飛びかかってきたら？　ハーフパンツの素足の部分に張り付いてくるかもしれない。いや、顔に飛びついてきたらどうしよう。そんなことになったら、きっと正気じゃいられない。時折、あちこちで低く響く「ぶもー」という音。ずっと牛の鳴き声だと思っていたが、これはもしかしてカエルの鳴き声なのかもしれない。

大也の後ろ姿はどんどん遠ざかってゆく。こんなカエルだらけの場所に一人取り残されるなんて耐えられない。

「栗原くん！」

思わず叫んでいた。

「なんだよ、もう。さっきからうるせーな」

苛立ったように大也が振り返った。

「栗原くん、カエル」

「勝手に帰りゃいいだろ、おれに構うな」

「そうじゃなくて」翔は首を横に振った。「カエル。この黒いの全部。ぼく、この道、無理かも」

大也の足元を指差した。大也のつま先のすぐそばに黒い塊がある。あと一歩踏み出したら、きっとぐにゅりと踏みつけてしまうに違いない。その感触を想像して鳥肌が立つ。

大也は足元に目を向け、まじまじと見て、うわっと飛びすさった。

「マジか。これぜんぶウシガエル？　どうりでなんか生臭いと思った。うげー、気持ちわりぃ」

田舎の子でもこのカエルは嫌なんだ、とちょっとほっとした。

「ってか、何やってんだよ。なんで進まないんだ？」

「飛びかかって来たら嫌だもん」

隠しても仕方ないので正直に言う。

「うっそ、マジで？　カエルなんか怖かねーよ」

大也は大回りしてカエルを避けながら、翔のそばまで戻ってきた。

「これが怖いの？　バカみてー」

大也は翔の一番近くにいたカエルを傘の先端で突いた。カエルはぴくりともしなかったが、翔は悲鳴をあげた。

「やめてよ」

翔の態度は大也を喜ばせたらしい。意地悪くカエルを突き、けしかけようとする。

「ほれ、行けよ。ほら」

しつこく突かれて迷惑なのだろう。カエルはのそりと一歩、足を踏み出した。

「やめてってば！」

大也はゲラゲラと笑い、聞く耳を持たない。ああ、もう嫌だ。そう思った。

そのときだ。カエルがいきなり跳躍した。なぜか、大也に向かって。

「うひょぉおっ」

大也の口から奇妙な悲鳴が漏れた。翔はじりじりと逃げ腰になった。

「おい、待て。こら、行くなって」

大也が怯えた様子でこちらを見ている。すがるようなその声が引き金になった。翔は一目散に走り出した。

「待てよ、おい」

大也の声が追いかけてくる。カエルを避けながら走り、走りながら、サイダーの泡みたいにぷつぷつぷつと何かが込み上げてきた。

「待てってば！」

畑が途切れ、周囲が竹林に変わると、カエルの姿はようやく見えなくなった。足を止め、周囲を見回す。大丈夫、もう黒い塊は落ちていない。追いついた大也が肩で息をしていた。翔の息も切れている。けれど、それよりも込み上げてくるものを堪えきれなかった。

「……うひょうって何？」

呟くと喉の奥からぷつぷつが漏れ出した。お腹を押さえながら、くくくと笑い出す。呆然と翔を見ていた大也だったが、やがてぶはっと吹き出した。

「うひょう」

「うひょうおぉ」

合間に奇妙な叫び声を真似しながら笑う。笑い転げて、引き攣《つ》れるようにお腹が痛くなっても止まらなかった。

竹林を抜け、道路がアスファルトに変わり、下り坂の向こうに海が見え隠れするようになった頃、ようやく発作のような笑いはおさまった。

一軒のアパートの前で大也が「ここ、おれんち」と足を止めた。二階建ての古そうなアパートだ。道路に面して二階に上る外階段がある。階段の下には集合ポストがあり、どのポストからもチラシがはみ出して地面にまで散らばっている。一番道路側の部屋の前には、このあいだ大也が乗っていた自転車が乗り捨てた形のまま横倒しになっていた。

「近いんだね」

坂道を下りきったところが公子の家だった。歩いて十分もかからないだろう。なんとなく別れがたくて立ち止まった。大也も家の中に入ろうとはせずに、手近に生えている草をちぎっては投げている。なにか話題がないか探っていると、大也のほうから話しかけてきた。

「おまえさ、サーフィンやるのかよ」

意表を突かれた。「サーフィン？」

「おまえの叔母さんが店やってるだろ」

首を傾げる翔に苛立ったように大也が続けた。

「知らねえの？　薬師《やくし》浜の目の前にあるガーデンってサーフショップだよ。おまえの叔母さん、プロサーファーなんだろ」

「へえ」

まったく知らなかった。香夏子が仕事をしているのは知っていたが、どこで働いているかまで気にしていなかった。

「一緒に暮らしてんのに、なんで知らねえの？」

「言われなかったし」

呟くと、大也はけっと鼻を鳴らした。

「普通、訊くだろ。なんだよ、親に捨てられたからって拗ねてんのかよ」

——捨てられた？

「なに、それ」

自分でも声が尖ったのがわかった。

「誰がそんな話してるの？」

大也はたじろいだようにびくりと肩を震わせ、そうしてしまったことを恥じるように攻撃的な目になった。

「なんでおまえに言わなきゃなんねーんだよ。ってか、ここらの人間はみんな知ってるぜ。遊佐《ゆさ》んとこでガキを引き取ったって話は。母ちゃんが死んじまって、父ちゃん一人じゃ育てられねーっていうんで捨てられたんだろ」

遊佐というのが母の旧姓で、公子と香夏子の苗字だというのは知っている。だが、そんな個人的な話が周りの人たちに知れ渡っているのか。

「ぼくはお父さんに捨てられたんじゃない。ちょっとのあいだ、ここに来てるだけだ。お母さんが病気で死んじゃって、ずっと看病してたお父さんが少し疲れちゃったから。お父さんが元気になったらまたすぐ一緒に暮らす」

釈明する翔を、大也はけけけっと笑い飛ばした。

「なに強がってんだよ。おまえもほんとは捨てられたって思ってんだろ。涙目になってるくせに」

歯を食いしばる。そのとき、声がかけられた。

「何してんの？」

「河崎」

大也が厭そうに顔をしかめた。翔はその隙に拳で目を拭う。

クラスの中で大也と同じように孤立している美波だった。今日も一人で帰っていたらしい。あのカエルロードを女子一人で通れるんだ、とそんな場合ではないのに感心した。田舎の女子ってすごい。

「べつに何もしてねーよ。じろじろ見てんじゃねえ。さっさと帰れよ」

大也は吐き捨てた。美波は気遣うようにちらりと翔に目をやった。

「なにぐずぐずしてんだ。帰れって」

「栗原が塞いでるから通れないんじゃん」

美波は翔と大也のあいだを割り込むようにして通り、赤い錆《さび》が浮いた外階段を上り始めた。

「同じアパートなんだ」

呟くと、大也はなぜかムキになった。

「おれんちは一階のこっち。あいつんちは二階の向こう側。ちゃんと離れてる」

「でも、同じ建物なんでしょ？」

何を怒っているのかわからず、首を傾げた。大也はますます厭そうな顔になる。

「あいつと同じとこに住んでるって、昔からさんざんバカにされてきたんだ。学校で蒸し返すなよ」

「べつに変じゃないと思うけど」

前の学校には同じマンションに住んでいる子が何人も通っていた。同じクラスの女子もいたけれど、それでからかわれた経験などない。

「いいから言う通りにしろって」

へんなのと思いつつ頷くと、大也はほっとした表情を浮かべた。なんだか気が削がれてしまった。ここは田舎で、東京とは違うんだと改めて思った。

遠くから「七つの子」のメロディーが流れてきた。五時の合図だ。いつもより遅くなってしまった。公子が心配しているかもしれない。

「ぼく、帰る」

「さっきの話だけど」

大也が呼び止めた。思わず身構えてしまう。また意地悪を言われるのだろうか。

「近所のババアが噂してたんだ。どうせあいつら適当に喋ってるだけだから」

気にするなと言っていると気づき、翔は笑顔を作った。

「ありがとう。じゃあね」

3

「母さんが病院に行ってて遅くなるっていうから、晩ご飯は外で食べよう」

と香夏子に誘われた。

「公子さん、どこか病気なの？」

「あー、大丈夫。いつもの検査と薬もらってくるだけ。血圧が高めなんだよね。心配してくれてありがと。でさ、翔って焼肉好き？　うちって魚料理が多いでしょ。たまにはがっつりお肉が食べたくない？」

「焼肉ってもうずっと食べに行ってないから、よくわかんない」

「へえ、珍しいね。翔くらいの子は外食っていったら回転寿司か焼肉って聞いたよ」

香夏子には子どもがいない。そもそも結婚していない。だから時々、友だちやインターネットから「小学六年男子」がどういう生き物なのかという情報を仕入れてくる。当たっているときもあるけれど、「普通はこうなんでしょ？」と言われると戸惑ってしまう。

最後に焼肉を食べた日のことはよく覚えている。

小学四年生の冬だった。

母に難しい病気が見つかって、入院した日だった。病院で先生に呼ばれて長く話をしていた英一が戻ってきたとき、目が真っ赤だった。今よりもまだ小さかった翔は、母にしがみついて大泣きしていた。見かねた看護師が母から引き離そうとしたけれど、赤ん坊みたいに駄々をこねた。

母だけがいつもの笑顔だった。

「いやねえ、そんなに心配しなくても大丈夫だって。二人とも泣かないでよ。お母さん、すぐに帰ってくるから。約束する」

病院からの帰り道、翔も英一も無口だった。ぐったり疲れていて、外はひどく寒くて、とても惨めな気分だった。

「翔、晩ご飯を食べて帰ろう」

夕方の五時を過ぎたばかりだったのに、真夜中のように暗かった。街灯がぽつんぽつんと歩道を照らしている。普段は人も車も多い通りなのに、その数も少なく見えた。世界中に翔と英一の二人だけしかいないような気がした。

何が食べたい、と訊かれても何も思いつかなかった。すると英一は、

「よし、焼肉を食べに行こう」

と、明らかにカラ元気とわかるはしゃぎっぷりで言った。

てっきりマンションの近くにあるチェーンの焼肉屋に行くのかと思っていたが、英一はタクシーを止めた。

連れて行かれた店は、東京駅近くの大きなビルの中にあった。入り口には翔の背丈ほど

の大きな花瓶があって、見たこともない変わった形の花が生けられていた。ぴしりとしたワイシャツと蝶ネクタイの女性店員が個室に案内してくれた。腰掛けた椅子はふかふかだったけれど、なんだか落ち着かなかった。

あまりお酒は強くないのに英一は一杯目のビールをあっという間に飲んでしまった。すぐに注文した二杯目のグラスを前にして英一は真剣な顔で言った。

「翔に頼みがあるんだ」

「頼み？」

「そう。お母さんの入院は長くかかるかもしれないんだ。お母さんが病気を治すことに専念できるように、ぼくたちは協力して頑張らなくちゃならない」

英一の言葉に、翔は首を傾げた。

「どんなふうに？」

「今までお母さんがやってくれていた仕事を、ぼくたちで分担してこなすんだ。洗濯したり、ご飯を作ったり、掃除したり、ゴミ出しだってある。ぼくは会社があるし、翔だって学校があるから、きっと大変だと思う。けれど、お母さんが安心できるように毎日の生活をきちんとしなくちゃならないんだ」

テーブルに埋め込まれた金色の網の上では、カルビがじゅうじゅう音を立てて食べ頃に焼けている。でも、翔も英一も箸を伸ばさなかった。

「また三人で暮らすという目標に向かって一緒に頑張ってくれるか？」

うん、と翔が頷くと、英一はテーブル越しに右手を差し出した。促されて翔も右手を伸ばす。英一は力強く握り返してくれた。

「よし、食べよう」

英一が少し焦げたカルビをご飯にのせてくれた。

「お母さん、前からこのお店に来たがってたんだ。翔と二人で行ったって知ったら、悔しがるだろうな」

「また来ればいいよ。お母さんが治ったら三人でさ」

翔の言葉に、英一の顔がくしゃくしゃっと歪んだ。

「どうしたの？」

英一は手を伸ばして翔の頭を優しくなでた。

「そうだね。絶対にまた来よう」

その夜、英一はたくさんお酒を飲み、酔っ払った。翔もたくさんの肉を食べた。けれど、何を食べたのかどんな味だったのかちっとも覚えていない。

その日以来、焼肉を食べに行っていない。


香夏子に連れられて来たのは、町外れにある小さなホルモン屋だった。平日だというのに狭い店内はほぼ満席で、もうもうとした煙が店の外まで漏れていた。腕っ節の強そうな男の人たちのグループがテーブルをいくつか占領して騒いでいる。ほかにも家族連れや年配の夫婦などが思い思いに肉を焼いている。

「親方、ひさしぶり。二人だけど空いてる？」

香夏子はカウンター越しに声をかけた。

「いらっしゃい」

顔を覗かせたのは、坊主頭の厳つい顔をした男の人だった。背はそれほど高くないが、二の腕の太さがものすごい。

「すぐ片付けますね。おい」

親方が厨房の内側に声をかけると、まだ若い店員が飛び出してきて、入り口に一番近いテーブルを片付け始めた。

「狭くてすみません。熱いから気をつけてくださいね」

親方が七輪を運んできて、テーブルの上にのせた。

「とりあえず生ビール。翔はメロンソーダでいいよね」

香夏子は有無を言わさず注文してしまった。すぐにジョッキが二つ運ばれてくる。

「はい、乾杯」

がちんとジョッキをぶつけると、香夏子は喉を鳴らして半分ほど一気に飲んだ。飲みっぷりに目を見はりながら、翔は緑色の液体がなみなみと入ったジョッキに口をつけた。驚くほど冷えている。

香夏子は店員を呼び止めて、生ビールのおかわりと肉を矢継ぎ早に注文した。

「カルビ、ハラミ、セセリ、牛ホルモン、ハツ、ノドナンコツ、チャンジャ、とりあえず一人前ずつ。あ、ライスもひとつお願い」

あっという間に狭いテーブルがいっぱいになった。香夏子は網の上に次々と肉をのせてゆく。

「ひっくり返すときは熱いから気をつけてね。焼けたかどうかわかんなかったら、訊いてから食べて」

頷いたもののの手を出しかねていると、

「焼けてるよ」

と翔のタレ皿に肉が放り込まれた。

ほどよく焼き目がついた、白っぽいぷよぷよしたものをおそるおそる口に運ぶ。ホルモンを食べるのは初めてだった。口に入れた瞬間、ニンニクの香ばしい匂いが鼻から抜けてゆく。噛むと甘い脂がじゅうっと染み出してきて、濃いめの味付けは白いご飯にぴったりだった。

「おいしい」

と言うと、香夏子は嬉しそうに笑った。

「牛ホルモンの美味しさがわかるなんて、キミ、イケる口だね。将来が楽しみだよ。そういやお姉ちゃんもホルモンが好きだったな」

香夏子は焼けたものをどんどん翔の皿に取り分け、自分も食べて飲んだ。

ひとしきり食べてお腹が落ち着いた頃、香夏子は「あのさ」と切り出した。

「翔がうちに来てから三週間になるんだけど」

翔はメロンソーダに伸ばしかけていた手を引っ込めて、姿勢を正した。

「やだな、そんなかしこまらなくていいよ」

香夏子は笑ったが、何を言われるのかと身を固くした。

「単刀直入に訊くけど、うちで暮らしてて不満とかある？　不便なところとか、困ってることない？」

翔はうつむいた。そのまま首を横に振る。

「ホントにぃ？」

香夏子が下から覗き込むようにする。翔は顔を上げて香夏子を見返した。

「本当だよ。どうしてそう思うの？」

香夏子は座り直して、ふうっと息をついた。

「母さんが心配してんだよね。翔は明るいし、いつも元気だけど、なんか我慢してんじゃないのかって」

少しだけ驚いた。普段あまり喋らない公子が、翔を気にしてるなんて思わなかった。

「実際どうなの？　学校に馴染めないとかある？」

首を横に振った。

「そっか、母さんの取り越し苦労かな。さ、まだ食べられるでしょ。追加、頼もうか」

さっきまでの食欲はすっかり失せていた。喉の奥のほうになにか塊のようなものがあって息苦しい。香夏子が色々話しかけてくれたが、うまく答えられない。七輪の上で肉がじわじわと焼けてゆく。

気まずい沈黙を、突然の怒声が破った。

「なんだよ！　満席かよ、ふざけんな」

顔を上げると、新たにやってきた男性客が親方と押し問答していた。英一と同じくらいの年齢だろうか。頭を下げている親方に向かって何か盛んに言い募っている。

男性の後ろでは妻らしい女性と子どもが二人、所在無げに立っていた。小さい男の子は母親の手を引っ張って「お腹すいた」とぐずっている。つまらなそうな顔で突っ立っている女の子の顔に見覚えがあった。

美波だった。美波もこちらに気づき、気まずそうに目をそらした。

「あれー、美波じゃん」

香夏子が場違いに明るい声を張り上げた。美波の表情がかすかに動いた。あまりにもかすかな変化だったので確証は持てなかったが、どうやら微笑んだらしい。

母親に声をかけて、美波はこちらにやってきた。母親は香夏子に向けてぎこちなく会釈すると、かたわらの男の子の背を押して店の外へと出て行った。

「こんばんは」

美波は香夏子と翔に頭を下げた。

「知り合い？」

香夏子が驚き顔で二人を見比べる。

「同じクラスなんです」

美波が答えた。

「そっか、二人とも同じ学年か」

からからと笑う香夏子を挟んで、美波は言い訳するように説明した。

「香夏子さんはわたしのお父さんの友だちなの。わたしサーフィンを教えてもらってて」

「河崎さん、サーフィンするんだ」

驚くと、美波は小さく顎を引いた。

「お父さん、って？」

まだしつこく文句を言っている男性に目を向けた。美波は首を横に振った。

「本当のお父さんのほう。うちの両親離婚してて、あの人は新しいパパなの」

新しいパパは、何か捨て台詞を残して踵を返した。苛立ちまぎれに近くの柱を蹴飛ばし、ドアを乱暴に開ける。それほど広くない店内は、気まずい雰囲気に包まれていた。

「やれやれ、ガキじゃないんだから」

香夏子が呆れたように呟いた。

「もう行かなくちゃ。空気、悪くしてごめんなさい」

「あんたが謝る必要ないよ。また週末にね。低気圧が抜けるから、いい波が立つはずだよ」

店の外から怒鳴り声が聞こえてきた。

「グズグズしてんじゃねえ！」

美波は顔を強張らせ、そっと頭を下げて店を出て行った。

「やだねー、いきがっちゃって」

香夏子が毒づいた。親方が周りのテーブルに詫びながら、こちらにやってきた。

「騒がしくてすみません」

サービスです、と枝豆の入った小皿を置く親方に、香夏子は笑いかけた。

「八重浜で親方に楯突くなんて勇気あるよね。がつんと言ってやれば良かったのに」

「それは気の毒ですよ。ご家族連れでしたし」

親方は澄ました顔で言い、厨房に戻って行った。

「そうだ」

香夏子は何杯目かのビールのジョッキを傾けながら、さも名案を思いついたかのように言った。

「翔もサーフィンしようよ。せっかく海辺に住んでるんだし満喫しなくちゃ。波乗り、楽しいよ」

「無理」慌てて首を横に振った。「ぼく、泳ぎ下手だし、サーフィンとか興味ないし」

「大丈夫。すぐにがんがん波に乗れるようになるって。翔は十一歳？　十二歳？　今からやれば世界狙えるかもよ。翔はもう少し体力つけたほうがいいって。海に入って運動すればお腹も空くし、夜もぐっすり眠れる。それに」

香夏子はもったいつけるように言葉を切り、人差し指をぴんと立てた。

「波乗りは人生を変えるんだよ」

翔は一瞬固まった。人生が変わる？　そんなバカな。

「これから暑くなるし、始めるには良い季節だよ。ちゃんと教えてあげるからさ」

「いい。無理だよ」

「やだねー、最近の若いもんは。やりもしないうちから、無理だなんて言っちゃうなんて」

香夏子は唇を尖らせた。

「でもさ、やりたくなったらいつでも言いなね」

そんな日は来ないだろうと思いながら、曖昧に頷いた。

4

「いいとこ教えてやる」

授業終了のチャイムが鳴ると同時に大也がやってきた。

「また秘密の浜？」

「違う。けど、おれの秘密の場所」

カエル事件をきっかけに、大也が学校でも頻繁に話しかけてくるようになった。放課後は一緒に帰る。あの日以来、カエルが大量発生した時はなかったが、心強かった。家に帰った後は防波堤でアオイソメを使わないルアー釣りを教えてもらったり、道路からでは見えない場所にある秘密の浜に案内してもらったりした。

大也と親しくなるにつれて、それまでうるさいくらい近寄って来ていた子たちが波が引くようにいなくなった。仲間外れにされたのかと思ったが、どうやら違うらしい。大也がいないときを見計らって、慎介にこっそり訊ねられた。

「なんで栗原とつるんでるの？　もしかして脅されてる？」

「ううん、べつに」

首を横に振ると、慎介は声をひそめた。

「前にも言ったけど、あいつ乱暴なんだ。気に入らないとすぐ殴ってくる。それに、あいつんち泥棒一家なんだ。あいつを家に呼ぶといろんなもの盗まれる。関わんないほうがいいよ」

忠告には頷いたものの、従いはしなかった。慎介たちもそれ以上は何も言ってこなかった。大也と一緒にいるようになったからといって、翔がいじめられるわけでもない。ただ、他の人たちとのあいだに微妙な距離が生まれただけだ。どちらかといえば、それは心地いい距離感だった。

校門を出ると、大也はいつもとは違う道を歩き出した。どこへ行くのか訊いても答えてくれない。しぶしぶ後をついてゆく。

町道を海沿いに北へ向かって歩く。やがて色褪せた鳥居と石造りの階段が見えてきた。大也は階段を上り始めた。あとに続くが、かなりの急勾配だ。両側には鬱蒼と木が生い茂り、薄暗い。息を切らしながら上り切ると、もう一度鳥居があった。掲げられた額に風雨に晒されて薄くなった文字で「波節《なみふし》神社」と記されていた。立ち止まる翔を待たずに、大也はどんどん先へ進む。苔むした狛犬と灯籠のあいだを通り抜け、古ぼけた社には目もくれず裏手に回った。

「お参りするんじゃないの？」

後を追いかけ、次の瞬間、目の前に現れた光景に息をのんだ。

眼下に海が広がっていた。

「ここがおれの秘密の場所」

大也が得意げに両手を広げた。

社の裏手は小さな展望台になっていた。そこから見える風景は格別だった。海には、緑の松に覆われた島がいくつも点在していた。灯台が設置されている島や、人が立つのも難しいような小さな島が点々とあり、島々の周りの海は鮮やかなエメラルドグリーンをしている。太陽の光が射し込んでいる箇所はそれよりもさらに明るい緑で、海の水が本当に透明なのだとわかった。

「あれ、おれの島なんだ」

大也は一番近くにある島を指差した。点在する島の中では大きめだが、小学校の校舎よりは小さいかもしれない。島の手前は崖になっていてその上に木がこんもりと茂っている。奥のほうには砂浜になっている入江も見えた。

「栗原くんの島？」

「いいか、これは二人だけの秘密だ」

大也は声をひそめた。

「あの島、無人島なんだ。おれ、あそこに住もうと思ってる」

「大人になってから？」

バーカ、と大也は笑った。

「そんなに待ってられっかよ」

大也は転落防止の柵にもたれかかった。

「入江の奥側は陸地からは見えない。あそこにテントを張って暮らす。テントは目をつけてんのがあるんだ。隣町のリサイクルショップで五千円で売ってる。買えるくらいの小遣いは貯まってんだけど、ほかにも色々買わなくちゃならないからな。水に食料、懐中電灯もいるし、電池の予備も必要だ。コンロとか鍋もいるよな。あー、金が欲しいや」

冗談かと思ったが、大也の顔は真剣だった。翔だって『十五少年漂流記』や『トム・ソーヤーの冒険』を読んだときはそういう世界に憧れた。けれど、現代日本では無理だとわかっている。小六にもなって、そんな空想物語を本気で信じているのだろうか。

「おうちの人、心配しない？」

「しねーよ。するわけねーし」

大也は吐き捨てた。

「学校は？」

「べつに学校なんか行かなくたっていいだろ。つまんねえこと言うなよ。それより、あれ見ろよ」

大也の指差した海の一点に目を凝らすと、ボートを漕いでいる人が見えた。灯台のある島をぐるりと回り、陸地を目指しているようだ。

「仙台のどっかの大学のボートらしいんだ。何やってんのか知らねえけど、たまにこのあたりうろちょろしてる」

内緒だぜ、と大也はさらに声をひそめた。

「おれ、あいつらがボートを隠してる場所を見つけたんだ」

大也はにやりと唇を歪めた。

「それを盗もうと思って」

え、と思わず大きな声が出た。

「騒ぐなよ。どうやって島まで行ったらいいかずっと考えてたんだ。さすがに荷物を持って泳ぐのは無理だし、このあたりは潮の流れが複雑で危ないしさ。あのボートがあれば問題は解決する。島まで行ったら隠しておけばいい。楽しみだな、いつ決行すっかな」

へへっと照れたように笑いながら、大也は言った。

「おまえも行く？」

驚いて大也を見返した。

「ぼく？」

「おまえも家出したいんじゃねーの？」

問われて言葉に詰まった。

眼下に広がる海に目を向けた。自称・大也の島にはちょうど太陽の光が当たり、白い砂浜と緑の海がまるで南国のビーチのように輝いて見える。

「あのボート、大きいし二人でも大丈夫だぜ。テントだって四人用だからじゅうぶん寝れる。食料や水は二人分必要だけど、なんとかなるだろ。な、行こうぜ」

大也の言葉に押されるように、首を縦に振った。

「うん」

大也の顔が輝いた。逃げる間もなくがしっと手を握られる。

「約束だからな」

振りほどこうとしたけれど、翔の右手は大也の熱い手にしっかり握られたままだった。

ふと、あの日の英一の右手を思い出した。

力強く翔の手を握ってくれたはずの英一の手は、いつのまにか力を失い、離れていってしまった。

帰り道の大也は饒舌だった。

「やっぱ夏だよな。最初から冬ってのはキツイもんな。いっそ今年の夏に決行しちまうか？」

家出の計画を練り、島でする予定の冒険や遊びを楽しそうに話し続ける。翔の返事が気乗りしないものであっても、気にした様子はなかった。

町道を海沿いにぐるりと回って帰る。いつもの通学路の倍は歩いただろう。さすがにヘトヘトだった。

「あれ？　あいつ、何やってんだ」

足元だけを見ながら黙々と歩いていた翔は、訝しげな大也の声に顔を上げた。ようやく祖母の家が見えてきたところだった。家の前の空き地に人影があった。

「河崎だよ、あれ」

大也はランドセルを揺らしながら駆け出した。追いかける気力もなく、足を引きずりながら歩く。空き地にたどり着いたときには、大也は美波の前に腕組みをして立ちはだかっていた。

「こいつ、何しに来たのか言わねえんだよ」

憤慨する大也とは対照的に、美波は無表情だった。

「香夏子さんに用事？　今日は出かけてて夜まで留守のはずだけど」

美波は首を横に振った。

「黙ってないではっきり説明しろよ」

「栗原くん、ちょっと静かにして」

わめく大也を遮った。虚をつかれたように大也は口をつぐんだ。

「ぼくに用？」

問いかけると、美波は一冊の本を差し出した。

「鳴海くん、サーフィン始めるって聞いたの。だから、これ」

本はずいぶん古いものだった。表紙の写真が色褪せている。

「初心者用のサーフィン入門書。わかりやすいから」

日に焼けた男の人がサーフボードに乗り、水しぶきを飛ばしている表紙から目をそらした。

「ぼくサーフィンするつもりないよ。香夏子さんが勝手に言ってるだけだよ」

美波は驚いたように目を見開いた。

「香夏子さん、すっかり盛り上がってるよ。英才教育して脇坂《わきさか》選手みたいにするって」

「脇坂選手って？」

「脇坂海斗《かいと》選手。いま、日本で一番上手いサーファー。ものすごく上手なんだ。香夏子さんに映像見せてもらうといいよ。ほんとにすごいから」

美波は声に昂奮を滲ませた。こんなふうに感情を見せる子なのかと少し驚いた。

「おまえ、うざい」

大也が割り込んだ。

「河崎のくせにサーフィンなんかして調子乗ってんじゃねえよ。クラスからハブられてるくせにさ。家でもいつも怒鳴られてんじゃん。おまえ、みんなから嫌われてんだよ！」

美波の顔色が変わった。好機だと思ったのか、大也は美波の肩を小突く。美波は足をよろけさせ、はずみで手にしていた本が落ちた。大也がさっと取り上げ、意地悪く掲げる。

「取ってみろよ、バーカ」

「栗原くん、やめなよ」

翔は大也から本を取り返そうと手を伸ばした。しかし、目測を誤ってしまい、伸ばした指先が大也の頬をかすった。

「痛えな、っこの！」

大也は翔を睨みつけた。

「なんだよ、おまえまで調子に乗って」

どん、と両肩に衝撃を受けた。あっと思う間もなく尻もちをついてしまった。そうとう思い切り突き飛ばされたのだろう、地面に打ち付けた尻よりも肩のほうが痛かった。ばさり、と本が投げつけられる。

「可哀想だと思って仲良くしてやってんのに、ふざけんな。おまえなんか親に捨てられた子のくせに」

甲高い声で怒鳴ると大也は走り出した。

「大丈夫？」

美波が心配そうにこちらを見ていた。翔は本を差し出したが、美波は受け取らなかった。

「あげる」

仕方なく礼を言った。「じゃあ」と帰りかけた足を止めて美波は振り返った。

「やっぱり鳴海くん、サーフィンしなよ」

「なんで？」

「わかんないけど」

言うと背を向け、今度こそ振り返らずに歩き出した。美波はランドセルを背負ったままだった。学校からそのまま来たのだろうか。もしかすると、一日じゅう、本を渡すタイミングを探していたのかもしれない。神社に寄り道をしているあいだ、どのくらいここで待っていたのだろう。翔は色褪せたランドセルが見えなくなるまで立っていた。

5

「栗原くんだっけ？　彼はきっとやきもちを焼いたんじゃないかな」

英一の声は穏やかだった。

「べつにやきもち焼くところなんてなかったじゃん」

うーん、と電話の向こうで英一は唸った。

「翔が来る前は、栗原くんと河崎さんが孤立してたんだよね。栗原くんは、翔と仲良くなれた。きっとすごく嬉しかったんじゃないかな。だけど、栗原くんが知らないところで、翔は河崎さんとも親しくなっていた。栗原くんは驚いただろうし、疎外感を味わったんだろうね」

「ソガイカン？」

「仲間外れになったような気分だよ」

あてがわれた二階の六畳間で、翔はスマートフォンを耳に押し当てていた。この町に来て初めて、自分から英一に電話をした。大也が怒ったわけがわからず、英一に助けを求めたのだ。

「今頃、きっと後悔してるんじゃないかな」

「そうなのかなあ」

少しずつ日が長くなってきているが、夕方五時を回ると薄暗くなってくる。階下では公子が夕食の支度をしているはずだった。

電話の向こうで英一がふふっと笑い声を漏らした。

「翔はすごいな。そっちに行ったばかりなのに、もう、ちゃんとケンカできちゃうような友だちができたんだね。そういうところはお母さんとそっくりだよ。ぼくは人付き合いがあんまり得意じゃないから、ほんと尊敬する」

べつにまだそんなに友だちじゃないんだけどなと思ったが、褒められたのは嬉しかった。

電話を切った後、台所にいた公子に、ちょっと出かけてくるね、と声をかけた。

「海さ行ぐのか？」

公子がきろんと睨んだ。慌てて首を横に振る。

「栗原くんとこに行ってくるの」

公子は「んだか」と呟き、

「じきに晩飯になっから、遅ぐなんねえうちに帰ってこい。今日はハンバーグこさえてっから」

とそっけない口調で言った。

坂道を登り、大也のアパートへ向かう。海から吹いてくる風は、陽が落ちると途端に冷たくなった。上着を着てきてよかった。東京じゃとっくにしまっているはずの冬服がここではまだ手放せない。

アパートが見えてくる。なんて声をかけたらいいだろう。

迷っていると、大きな音を立てて大也の部屋のドアが開いた。出てきたのは若い女性だった。長い金髪をくるくるに巻き、寒いのに真夏みたいなスリップドレスを着ている。

「金よこせって言ってんだろ！　メシ食う金ないんだってば」

大也が女性を追いかけて出てきた。

「このあいだ二千円やったばっかじゃん」

「とっくになくなったって！」

大也は女性の腰のあたりにしがみつく。大也も背は大きくないが、女性も小柄で細かった。大也の力に負け、女性が転びそうになる。

「何すんだよ、危ねえじゃねえか！」

女性は口汚く罵り、大也のほっぺたを思いっきりぴしゃりと叩いた。

「ってえな」

大也が腰から手を離したところを見計らって、女性は大也を突き飛ばす。驚くほど手加減なしだった。大也はアパートの前のアスファルトに倒れ込んだ。

「腹減ってんだったら、マルヨシに行って万引きしてくりゃいいんだ。あそこの店番、ババアだからちょろいって」

女性はケタケタと笑うと大也に背を向け、立ち尽くしている翔に気がついた。

「あ？　なに見てんだよ」

じろりと睨みつけられて、思わず後ずさった。

「ぼく、栗原くんに用があって」

アスファルトに座り込んだままの大也が顔を上げた。

「ああ、遊佐んとこに来たガキか」

女性はにやにや笑いを浮かべて近づいてきた。

「リカ、さっさと行けよ！」

大也が怒鳴ったが、リカと呼ばれた女性はまったく気にしない。

「親に捨てられたってわりにはまともそうじゃん。金持ちなんだね、高そうな服着ちゃってさ。ブランド物じゃん、これ」

「リカ！」

大也は立ち上がり、リカの背を押した。

「なんだよ、痛いって」

ぶつぶつ文句を言っていたが、リカはアパートの駐輪場に押し込んであった古い自転車にまたがると、振り返りもせず坂道を下って行った。

大也は気まずそうに下を向いている。アスファルトでこすったらしく、黒ずんだ膝に血が滲んでいた。

「今の人、お姉さん？」

何を話せばいいかわからなくて訊ねると、大也は顔を上げ睨んできた。だが、眼差しはすぐ力なく揺れた。

「母親」

ぼそりと呟く。

「お母さん？　だって名前で呼んでたじゃない」

驚くと、大也は弾けるように話し出した。

「母ちゃんって呼ぶと怒るんだ。リカ、まだ二十五だし、ガキがいるってバレたくないってうるせーんだ。八重浜の人間はリカに子どももいるってみんな知ってるから、隠したって無駄なのにさ」

まくしたてる大也の腹が、ぐきゅるきゅると鳴った。

「お腹、空いてんの？」

返事はなかった。うつむく大也の首の後ろ側に骨が浮き上がっているのが見えた。いつも給食をお代わりして、みっともなくがっついている大也。クラスで一番背が低く、痩せっぽちだ。

「あのさ」気がついたら口にしていた。「うち、おいでよ。今日、ハンバーグなんだ。ケチャップで煮ちゃうやつだけど。公子さん、いつもたくさん作るから栗原くんのぶんもある。おいでよ」

大也はうつむいたままだったけど、歩き出すとのろのろついてきた。

公子と香夏子にどう説明しようかと思ったが、大也を連れて帰っても何も言われなかった。公子は大也にもご飯と味噌汁、ハンバーグを並べてくれた。マカロニサラダもついている。いただきますをした途端、大也は猛烈な勢いで食べ始めた。香夏子は発泡酒を片手に目を丸くしていたが、公子はいつもどおりのむっつりした顔でお代わりをよそってあげている。大也の食欲につられた翔が、初めてご飯のお代わりをしたときだけ、少し驚いた顔をした。

「あれ、この本、どうしたの？」

ようやくお腹が満足した大也と、デザートのイチゴを食べているとき、香夏子が訊いた。

「河崎さんがくれたんだ。香夏子さん、ぼくがサーフィンするとか勝手に言わないでよ」

「ごめーん。でも、美波のほうから訊いてきたんだよ。珍しいんだよ、あの子が他人を気にかけるなんて」

香夏子は薄茶色に日焼けした本をペラペラとめくった。

「この本、あの子が大事にしてたやつだよ。ね、やっぱ試しにサーフィンやってみたら？あんた、美波に見込まれてるんだよ」

「あのっ！」

唐突に裏返った声が割り込んだ。今までひとことも口をきいていなかった大也だった。

香夏子がぎょっとしたように身を引く。

「サーフィンするのって金かかるんすよね。今だとどのくらいかかるんですか。初心者はどのくらいで波に乗れるようになりますか」

大也は自分の声の大きさに気づかず、矢継ぎ早に問いかけた。

「きみ、サーフィンに興味あるの？」

大也は顔を赤らめた。といっても、地肌が日に焼けているので、どす黒さが増しただけだったが。

「興味があるって言うか、前にサーフィンは面白いって言ってた人がいたから、ちょっと気になっただけっす。おれんち、金ないから道具とか買えないし」

　大也は口ごもる。

「ショートボードだったら、初心者用の既製品で三～五万くらいかな。オーダーメイドだったら、ブランドにもよるけど十万は超えるね」

「やっぱそんなにかかるんだ」

　大也は目に見えてがっかりした。

　香夏子は台所に立ち、冷蔵庫から新しい発泡酒の缶を持って戻ってきた。座布団の上に行儀悪く片膝を立てて座り、プルトップを開ける。

「子ども用のボードだったら譲ってくれる人、けっこういると思うよ。いずれは自分専用のボードが欲しくなるだろうけど当面は遊べる。他には水着やウエットスーツが必要だけど、真冬じゃない限り、ウエットもお古でじゅうぶんだよ。美波もそれでやってるし。仮にもサーフショップをやってる身だし、伝手は色々あるから道具は揃えてあげられる。まあ、わたしも慈善事業やってんじゃないから、レッスン代くらいは欲しいとこだけど……」

　缶から直接ビールをあおって続けた。

「かわいい甥っ子がやりたいって言うなら、お金なんかいらないよ。ついでに、友だちが一人くらいくっついて来ても大目に見ちゃうけど？」

　大也はぽかんと口を開けた。翔はため息をついた。

「なんで」

ぼくを巻き込むのさ、と口を開く前に、大也にぐいと肩をつかまれた。目と目が合う。びっくりするほど真剣な眼差しだった。

「頼む。一緒にサーフィンをしてくれ」

大也は畳に額をこすりつけるように、頭を下げた。


それまでのだんまりが嘘のように、大也はサーフィンについて質問し出した。最初は警戒気味だった香夏子だが、質問に答えているうちに意気投合したようだ。すっかり気を良くして、タブレット端末を取り出してきた。何年か前に八重浜町で行われたサーフィン大会の映像を見せてくれるという。

食い気味に画面を見つめる大也の横で、不承不承覗き込む。

粗い画質の映像が映し出された。薄茶色の砂浜に、濃い緑色の波。沖のほうから大きな波が押し寄せてきている。それを追いかけるようにして、何人かのサーファーがボードに腹ばいになったまま水を掻く。パドリング、というのだと香夏子が教えてくれた。

一人の体がサーフボードごと波に持ち上げられる。と、思った瞬間、その人はボードの上に立っていた。他の人は諦めたのか姿が見えなくなる。

「サーフィンにはいろいろルールがあってね、一本の波には一人しか乗れないんだ。ピークにいる人に波の優先権があるから邪魔をしちゃいけない。ピークっていうのは波の頂点で……」

香夏子の説明を、翔はほとんど聞いていなかった。

画面の中で、波はますます盛り上がってゆく。最初は小さく見えた波は、ボードに乗っている人の背丈を軽く越えている。波は頂点に達すると割れ、白い泡に変わりボードを追いかけてゆく。サーフボードに乗っている人は、そんな波をからかうように、ボードを進行方向とは逆にして白い泡に向かってみたり、追いつかれそうになると身をかがめてスピードを出したりした。

やがて波がすべて崩れてしまうとボードの上に腹ばいになり、滑るようにして岸に向かう。戻ってきたその人は歓声で迎えられた。はにかんだ笑顔で応えながら砂浜を歩く男の人は、どちらかというと華奢な体型で、とてもあんな大きな波に立ち向かったとは思えない。カメラが男の人を正面からとらえたとき、翔は思わず呟いた。

「河崎さんに似てる」

へえ、と香夏子が驚いた声をあげた。

「よくわかったね。そう、この人が美波の本当のお父さん。彼もプロサーファーだったんだ」

香夏子は懐かしそうだった。

「サーフィンが上手でね。なーんもできない人だったけど、波乗りだけは超一流だったなあ」

「死んじゃったの？」

口ぶりが悼むようなものだったので訊ねた。

「いや、生きてるはずだよ」

香夏子は苦笑して、「多分」と付け加えた。

「ずいぶん前にこの町を出て行って以来、音信不通なんだ。あいつのことだから、どこかで呑気に波乗りしてると思うけどね」

ふうんと頷いていたら、香夏子がぽんと手を叩いた。

「そうだ。確か、お姉ちゃんが使ってたボードがまだあったはずだ」

え、と思った。

「お母さんもサーフィンしてたの？」

香夏子は驚き顔をした。

「知らなかったの？　こっちで暮らしてたときはわたしよりハマってたよ。お姉ちゃん、小柄だったから翔も使えるんじゃないかな。ちょっと待って、見てくる」

香夏子は茶の間を飛び出し、なにやら外の物置をごそごそして戻ってきた。

元は白かったのだろうが、薄黄色に変色した少し厚めのサーフボード。きちんと保管してあったのだろう。ずいぶん昔のもののはずなのに、茶の間の畳に置かれたそれはつやつやと光を放っているかのように見えた。そっと触れてみると、しっとりと冷たく、手のひらに吸い付くようだった。

「このボード、使ってみる？」

香夏子に問われて、翔はボードから目を離せないままに頷いていた。


その夜、もう一度、英一のスマートフォンに電話をかけた。大也と仲直りをしたと報告するためだ。よく考えてみたら、突き飛ばされた一件を謝ってもらったわけじゃないし、なしくずしに一緒にサーフィンすると決まっただけで仲直りしたのかどうか微妙なところだったけれども。仲直りできたと伝えたら、英一は安心するだろう。また褒めてくれるかもしれない。

しかし、長いコール音の後に、英一のスマートフォンに出たのは祖母だった。

「翔ちゃん、ごめんなさいね。お父さん、もうベッドに入っちゃったの」

「まだ九時前だよ」

祖母はうーんと困ったように口ごもった。

「調子が悪いの？」

重ねて訊ねると、祖母はかすかに息をついた。

「ちょっとね。お薬の量が変わったせいだと思うんだけど。ああでも、翔ちゃんは心配しなくて大丈夫よ」

「でもさ」

「大丈夫。翔ちゃんは八重浜町で元気でいい子にしていたら、それだけでいいのよ。そうしてたら、お父さんすぐに良くなるから」

祖母は少し強めの口調で遮ると、「風邪引かないように、勉強頑張ってね」と付け加えて電話を切った。

画面が暗くなったスマートフォンを畳に放り出し、翔はベッドに寝転がって天井を見上げた。

古びた木の天井にはシミがいくつも浮き上がっていて奇妙な模様を作っている。来たばかりの頃は何かに覗かれているような気がして眠れなかった。けれど、もう慣れた。シミはシミだ。お化けでもなんでもない。

いい子にしていたら英一は良くなるという。祖母は繰り返しそう言う。だけど、いったいいつまでいい子にしていたらいいのだろう。

天井のシミに慣れるように、翔が八重浜町の暮らしに慣れていけばいくほど、英一との距離がどんどん遠ざかってゆくような気がした。

6

よく晴れた日だった。空は薄水色に青く、海はそれよりもずっと青い。風はほとんどなく、波も穏やかだ。

「似合わねえ」

中古のウエットスーツに身を包んだ大也がこちらを指差した。
「栗原くんだって」
負けじと言い返す。ウエットスーツは大きめで、独特のゴムの匂いがした。
ひんやりとした砂浜に裸足で立つと、なんだか心細い気持ちになった。からかう大也も
いつもより浮ついている。
「じゃれ合ってないで、準備体操しなさい」
同じくウエットスーツ姿の香夏子が、手をぱんぱんと叩いた。隣では美波が黙々とスト
レッチをしている。
ゴールデンウィークの初日、翔と大也にとって初めてのサーフィンレッスンの日だった。
体操を終えると、香夏子がレクチャーを始めた。
「まずはパドリングの練習からね」
サーフボードの上に腹ばいになり、手で水を掻いてボードを前に進める。波が来たら、
パドリングで波とスピードを合わせる。ボードが波と一緒に滑り始めたら、腕の力で体を
起こしてボードの上に立つ。
説明を聞く限り、とても簡単そうだ。実際、砂浜に置いたボードの上に腹ばいになり、
言われた通り水を掻くふりをして、ボードの上に立ち上がる練習をしてみるがちっとも難
しくない。
「じゃあ海に入るよ。寒くなったり、疲れたら無理をしないで言うんだよ」

香夏子の後についていて、おっかなびっくり海に入ってゆく。裸足に触れた海水は思ったよりも冷たい。香夏子は最初の波頭を飛び越えると、ボードの上に腹ばいになってパドリングを始めた。翔は大也を見た。大也も翔を見ている。

「行くぞ」

「うん」

母が初心者の頃に使っていたサーフボードを水に浮かべてみた。想像していたよりもしっかりと浮く。

これなら楽勝だ。そう思ってボードの上に腹ばいになった途端、ぐるんと体が回った。海中にどぼんと落ちる。溺れる、と焦って水を掻く。ひとしきりばちゃばちゃして、ふと気がつくと足が海底についていた。立ち上がってみると、水は膝までしかなかった。母のボードは翔をあざ笑うかのようにぷかぷかと浮いている。振り返ると大也も水面から顔を出したところだった。

「意外と難しいな」

もう一度、ボードの上に腹ばいになる。今度はうまくできた。だが、両手で水を搔こうとした途端、ボードは不安定に揺れ始める。慌てて闇雲に腕を動かすとバランスが崩れてしまい、再び海に投げ出された。

「うわっ、鼻に水が入った」

大也が叫んでいる。翔は口の中に水が入ってしまい、咳き込んでしまう。塩っからい。

「焦らないで」

落ち着いた声に振り返ると、美波がパドリングですいすいと近づいてきた。

「浮力のあるボードだから大丈夫。落ち着いて腹ばいになりなよ。今日は波があまりないから、怖がらなくて平気」

「怖がってなんかいねーし！」

大也の強がりを無視して美波は続けた。

「腹ばいになったときに、一番おさまりのいい場所があるから、そこを覚えて。ボードの中心だから」

言われた通り意識しながら腹ばいになってみる。何度か試してみて、ぐらぐらしないで浮いていられる場所があるとわかった。

「で、水を搔く。力を入れなくて大丈夫。こんなふうに」

見よう見まねで水を搔くと、ほとんど力を入れていないのに、ボードはすうっと前に進んだ。

「いい調子。そのまま香夏子さんのところまで行って」

美波は翔のボードを軽く押すと、大也に向き直った。

「栗原も、鳴海くんみたいに力を抜いて」

「うるせえ！」

大也の怒鳴り声に振り返る。途端にバランスが崩れ、再び水の中に落ちてしまった。人の心配をしている場合ではなさそうだ。アドバイスを反芻しながら、気を落ち着かせてボードの上に腹ばいになる。

「上手、上手」

ボードにまたがった状態で待っていた香夏子が手を叩いてくれた。

「栗原くんは大丈夫そう？」

「口では文句を言ってるけど、案外素直に聞いてる」

大也もパドリングでこちらに向かって進んでいる。となりを進む美波と比べるとまだまだぎこちない。きっと自分も同じなのだろう。

「上出来。じゃあ次はドルフィンスルーを覚えようか。美波、お手本を見せてあげて」

大也は仏頂面だったけれど、もう文句は言わなかった。

「疲れたー」

海から上がると体がひどく重く感じられた。レッスンは一時間ほどだっただろうか。パドリングの練習、ドルフィンスルーと呼ばれる波の下をくぐり抜ける練習、波待ちのポーズの練習。ボードの上に立つ練習もしたけれど、まったく歯が立たなかった。

「どうだった、サーフィン楽しい？」

香夏子の問いに首をひねった。まだ波に乗れたわけではないのだ。基礎練習ばかりで、それすらまともにできない。これでサーフィンしたと言えるのだろうか。でも。

「海に入るのは気持ちが良かった」

そう答えると、香夏子は嬉しそうだった。

「それなら良かった。サーフィンにはセラピー効果があるんだよね」

「セラピー効果って？」

「病気の人を癒すって意味かな。ストレスとか、うつ病とか睡眠障害とかの解消に効果があるって言われてる」

はっとして香夏子を見た。

「じゃあお父さんも元気になるかな」

香夏子は「そうだね」と首肯した。

「英一さんも八重浜に来ちゃえばいいのにね。それだったら翔も寂しくないし、一緒にサーフィンしたらきっとすぐ元気になるよ」

「なあ、見てみろよ、あいつタフだなあ」

大也が口を挟んだ。海に目を転じると、先ほど自分たちが練習していた場所よりもずっと沖で美波が波待ちをしていた。沖合で水面がゆっくりと盛り上がる。

「あのうねりが岸に近づいてきて割れる。割れるポイントは海底の砂の溜まり具合や、その日の風や潮の動きで変わってくるから、同じ場所で割れるわけじゃないんだよ。うねりをいち早く見つけ、どこで波が割れるか見定めて、その場所に誰よりも早く行けるかが勝負なんだ」

香夏子が説明してくれた。沖合のうねりが近づいてくる。周囲にいたサーファーたちに交じって美波が素早い動きでパドリングを始めた。

美波の体がふわりと波とともに持ち上がり、向かって右側から波が割れ始めた。美波は周囲を見回して人がいないか確認したかと思うと、次の瞬間、ボードの上に立っていた。軸足でボードを操り、波の面を滑ってゆく。

「波の勢いが一番ある場所をキープできるかがポイントなの。加速がついてしまって先に行き過ぎると、波の力が弱くなっちゃって乗り続けられない。かといって、割れている部分は力が強すぎるからスープ、あの白い泡の部分ね、にのまれちゃって、コントロールができなくなっちゃう。ほら見て」

美波は波が割れていないうねりの部分に行きかけると、水しぶきをあげて方向転換した。

「あれはカットバックの技術。波の勢いのある場所に戻るための技」

かと思えば、再び方向転換をして波と進み始める。

一本の波はあっという間だった。それなのに、とても長いあいだ波に乗っていたように見えた。

「すごい」

あんなふうに波に乗れたなら、きっとすごく気持ちがいいだろう。

岸に戻ってきた美波を出迎えた。

「河崎さんって上手いんだね」

褒めると、美波は驚いたように目を丸くし、それからゆっくりと真っ赤になった。

「……ありがとう」

小さな声で呟く。

「ぼくも河崎さんみたいに上手くなりたいから、いろいろ教えてくれる？」

美波は頷いた。少し迷うようにうつむいていたが、ためらいがちに口を開いた。

「できればでいいんだけど、名前で呼んでもらえると嬉しい。この苗字、嫌いなんだ」

意外な申し出に驚いたが、わかったと笑った。

「じゃあぼくも名前で呼んでよ。前の学校では名前で呼ばれてたから」

「おめーらだけで勝手に仲良くなってんじゃねーよ」

そこへ大也が割り込んだ。

「だったら、おれのことも名前で呼べよな」

美波は翔と大也を見比べて小さく笑った。

「くそー、負けてらんねー」

大也が吠えた。

「翔、おれら特訓だからな。美波なんかすぐに追い越してやる」

くすぐったいような気持ちを堪えながら頷いた。

その夜の英一からの電話に、翔は三十分もかけて初めてのサーフィンの話をした。英一は「うん、うん」と聞いてくれ、時には声をあげて笑った。

「お母さんもサーフィンしてたなんて、知らなかったな」

「びっくりだよね。香夏子さんに写真見せてもらったけど、めちゃくちゃ日焼けしてたよ。髪の毛も茶色で、テレビで見る昔のギャルみたいだった」

あははと英一は笑った。

「そんなお母さんも見てみたいな。今度、写真送ってよ」

声が明るい。調子が良さそうだ。話すなら今だろう。翔は思い切って、あのね、と切り出した。

「お父さんもサーフィンしに八重浜町に来たらいいんじゃないかな」

電話の向こう側の英一の気配が強張るのを感じた。翔は声を励ました。

「サーフィンって心の病気の人に効果あるんだって。波に乗れなくてもいいからさ。海に入るだけで気持ちいいんだよ。香夏子さんのお店でウエットスーツもサーフボードもレンタルできるんだって」

電話の向こうから英一の息遣いが聞こえる。やがて「行くよ」と英一が言った。

「ほんと?」

勢い込んで言うと、英一はかすれたような笑いを含んで答えた。

「うん。ご挨拶に行かなくちゃいけないと気になってたんだ。自転車を買う約束もそれっきりだったもんな。近々お邪魔するよ。サーフィンをするかどうかはちょっとわからないけれど」

「本当に？　サーフィンなんていつでもいいよ。いつ？　いつ来る？」

「ゴールデンウィーク中は新幹線のチケット取るのが難しいだろうから、連休が終わってからになるかな」

翔は小さくガッツポーズをした。思い切って言ってみてよかった。

「約束だよ」

英一は「うん」とはっきり答えてくれた。

7

ゴールデンウィークは瞬く間に過ぎていった。

朝は五時半に起きて、香夏子の運転でサーフショップへ行く。大也と美波は自転車でついてくる。翔がどちらかの自転車を借りるときもあった。軽トラの助手席に乗れるのは、ジャンケンの勝者と決めたのだ。

香夏子の経営するサーフショップ〈ガーデン〉は岬をひとつ越えたところにある。上り坂はきつかったが、岬のてっぺんから見える景色は格別だった。

店に置かせてもらっているウエットスーツに着替え、ボードを持って浜に向かう。浜までは徒歩三十秒だ。砂浜に並んで準備運動をし、海に入る。

早朝の海辺には思ったよりも多くの人がいた。犬の散歩をしている人、ジョギングをしている人、釣りをしている人、そしてサーフィンをしている人。

世の中にこんなにもサーフィンを趣味にしている人がいるとは想像もしていなかった。彼らはたいてい翔よりもずっと大人で、なかには英一と同じくらいの年代の人や、どう見てもおじいさんっぽい人もいた。毎朝顔を合わせる人もいれば、波の状態によって入るかどうか決める人もいる。大きな車にサーフボードを積み、浜から波をチェックする人の姿を何人も見た。ゴールデンウィーク期間中、旅行しながらあちこちのポイントを巡っている人も多いのだそうだ。

香夏子が海に入っていくと、面白いほどたくさんの人が挨拶をしてきた。

「香夏子さんはこのあたりのドンだよ」

教えてくれたのはホルモン屋の親方だった。彼もサーファーだった。

「やめてよ、マフィアじゃあるまいし」

香夏子が抗議したが、親方は笑って取り合わなかった。

「サーフィンってのは言ってしまえば縄張り争いのスポーツなんだ。浜の真ん前に店を構えて、長年ここで波乗りしている香夏子さんに敬意を払わないサーファーはモグリだよ」

翔と大也は浜の一番端っこ、人の少ない浅瀬でひたすらボードの上に立つ練習を繰り返していた。疲れたら浜で休み、また海に入る。

昼になるとガーデンに戻り、シャワーを借りて休憩をする。ガーデンは居心地がいい店だった。サーフィンの用具ばかりではなく、サーフブランドのTシャツやアクセサリー、雑貨などもあり、立ち寄る客はサーファーだけではないらしい。

客の邪魔にならないように、三人は店の裏手のウッドデッキで過ごした。昼食は公子が大也と美波にも分けられるよう大量のおにぎりを持たせてくれていた。おかずはないけれど、梅干しと昆布のおにぎりはそれだけでとても美味しい。食べ終えるとデッキの上に寝転んで昼寝をした。

三時間ほど休憩したら再び海に向かう。まだ波には乗れないけれど、最初の日よりも様になってきている、気がする。

夕方六時に香夏子が店を閉めると、またジャンケンをして軽トラか自転車で家に帰る。晩ご飯を食べ終える頃にはすっかりくたびれていて、そのまま茶の間の畳の上で居眠りしそうになってしまう。東京からの定期電話はこのところずっと祖母からばかりだったが、寂しいと感じる暇はなかった。公子に急かされて風呂に入り、ベッドに倒れ込んだら朝まで一度も目が覚めなかった。八重浜町でこんなにぐっすり眠れる日が来るとは思わなかった。

連休最終日、香夏子が夕方から用事があるというので、三人は波乗りを早めに切り上げていた。帰っても暇だという大也と美波と一緒に、家の前の防波堤に並んでダラダラとおしゃべりをしていた。体は心地よくだるく、湿気のない風は爽やかだった。このまま横になったら最高に気持ちがいいだろう。

「こんなに頑張ってんのに、ちっとも波に乗れねえなあ」

大也は度胸がいい。翔だったら尻込みしてしまうサイズの波でも、怖がらずに突っ込んでゆく。だけど腕の力が弱いせいで、体を支えきれずに頭から海に落ちてしまう。

「当たり前じゃん。たった四、五日で乗れるようになるわけないでしょ」

美波の腕前は大人顔負けだった。サーファーだった実の父親に、よちよち歩きの頃から波乗りを教えられていたというから年季が入っている。

「これからは週末しか海に入れないだろ。せっかくなんかつかみかけてるのに、感覚忘れちまう」

「すぐ夏休みになるよ。そしたらまた朝から晩まで波乗りできる」

なだめると、大也はぱっと笑顔になった。

「だよな。それまでに波に乗れるようになってようぜ。じゃなきゃかっこ悪いだろ」

よーし、と大也が気合いを入れた時、甲高い子どものはしゃぎ声が響いた。振り返ると、小学校低学年くらいの少年がバケツと釣竿を持って防波堤を駆けてくるところだった。

「こら、走るな。転ぶぞ」

父親らしい男性が慌てて後を追いかける。逃げる少年を父親がつかまえると、少年は弾けるように笑った。

「ママー！　早く、早く」

のんびりとやってくる母親に少年と父親が手を振った。母親は手を振り返し、日傘をくるくる回しながら通り過ぎてゆく。彼女が脇を通った時、ふわりと花の香りが鼻をかすめた。

胸が詰まった。

母の好きだった柔軟剤の香りだった。

少年は母親が追いつくのを待って、再び大声で笑いながら走り出した。

「ガキが、うるせーんだよ」

大也が毒づいた。はっとして振り返ると、大也も美波も家族連れから目をそらしたところだった。

「そうだ」

翔は声を張り上げた。

「公子さんがアイスのパックを買ってくれてるんだ。うち、おいでよ。食べようよ」

うひょー、やった、と大也が大袈裟に喜んだ。少年がちらりとこちらを気にするくらいに。

「行こう」

三人で競い合うように駆け出した。

尿意を感じて目を覚ました。

眠る前に牛乳を飲み過ぎたかもしれない。失敗したなあと思いながら、階下に降りてゆく。茶の間からは明かりが漏れていた。公子も香夏子もまだ起きているらしい。トイレを済ませて、部屋に戻ろうとしたとき、香夏子の声が聞こえた。

「えー、英一さんの実家がうちのリフォームのお金を出してくれるって？　それってなんか変じゃない？」

思わず足を止めた。

「あたしもそう言ったんだけどもよ。んだけども、なんだか英一さんの具合があんまし良ぐねえみてえでな、少し時間がかかりそうなんだと」

「少しってどのくらいよ」

「んだから、年単位の話になってくんじゃねえか？　そのあいだ翔をこっちで預かるとなると、いろいろ不便で可哀想だからってな。うちもあっちこっちガタがきてっからさ」

「ご厚意はありがたいけど、リフォーム代くらいわたしが頑張って稼ぐよ。だけど、英一さん、そんなに悪いんだ」

「あちらのお母さんは詳しくは言わねえけどもな」

どちらかが立ち上がる気配がして、翔はそっとその場を離れた。足音を忍ばせて部屋に戻る。

ベッドに潜り込んだが、二人の会話が繰り返し耳に蘇ってきて眠れそうになかった。時計を見ればまだ九時半を回ったばかりだった。翔はスマートフォンを手にし、英一の番号を呼び出した。ためらった末に、発信ボタンを押す。

呼び出し音は長く続いた。息をひそめ、トゥルルーと鳴る音を数える。二十を超え、もう諦めかけた時、ぷつりと音が途絶えた。かさかさという雑音の後、

「……翔か？　どうした？」

英一の声が聞こえてほっとした。

「お父さん」

呼びかけると、なんだか涙が出そうになった。

「何かあったのか。大丈夫か？」

うん、と頷く。

「あのね、まえに約束したでしょ。八重浜町に来てくれるって。ゴールデンウィークも終わったし、いつになるかなって思って」

電話の向こう側の英一がためらっている気配がした。

「約束したでしょ。来てくれるよね？　今週？　来週？　ね、いつにする？」

泣き声に気づかれないように、精一杯明るく訊く。英一は外にいるのだろうか、受話器が風のような音を拾う。

「うん、そうだね」

長い沈黙の後、英一が言った。

「約束したよな。そうだ、約束した」

何かを嚙みしめるように英一は繰り返した。

「行くよ、八重浜町に。そうだな、今週末に行こう」

「ほんと?」

目の前が明るくなった気がした。

「本当に来てくれる?」

「約束する。さ、もう寝なさい。明日からまた学校だろ?」

「うん。約束だよ、絶対にね」

電話を切ってから、ベッドに寝転がった。飛び跳ねてガッツポーズをしたいが、うるさいと叱られてしまうだろう。代わりに枕に顔を埋めて、笑い声を嚙み殺した。

8

週末まで、一日一日がとても長かった。

英一から公子に正式に予定が伝えられ、土曜日に来て一泊すると決まった。英一が来る日にはカレンダーに大きな花丸をつけ、一日過ぎるごとに日付にバツ印をつけた。学校では浮かれ過ぎないように気をつけていたが、気づくと顔がにやけてしまっている。

サーフィンしてるところはぜひとも見てもらわなくちゃいけないな。もちろん、まだ波には乗れないけれど、サーフボードを持ってる姿だけでも。できるなら英一にも一緒に海に入ってほしい。波節神社の展望台からの眺めは絶対に見せたい。防波堤で釣りをしてもいい。英一に見せたい場所や物を考えているだけで、わくわくした。

「なんだよ、じゃあ明日は海に行けないのか」

金曜日の朝、週末の予定を大也に伝えると不機嫌になった。

「毎週末、練習するって決めたんじゃねえのかよ」

「お父さんがサーフィンしてるとこ見たいって言ったら海に行くかもしれないけど、何時になるかわからないから。ごめん」

大也と美波に父を紹介したい気持ちもあったが、本音では英一と二人だけで過ごしたかった。

ふてくされた大也は、その日は休み時間になっても翔を無視していたが、気にならなかった。

授業が終わると、翔は学校を飛び出した。一日じゅう翔を無視していた大也が「新しい秘密の浜を教えてやる」と声をかけてきたが断った。

「また今度ね。ぼく、明日の準備しなくちゃならないから」

家に帰ると、まっさきに自分の部屋を片付けた。雑巾も借りて、窓や障子の桟まできれいに拭き上げる。

公子は客用の布団を布団乾燥機でふかふかにしておいてくれた。新しいシーツを取り付ける公子を手伝う。

「英一さんは苦手な食べものとかあんのか？」

「ううん、特にないと思う。あ、好きなのはタコ。タコのお刺身とか大好き。あとタコときゅうりのやつあるでしょ、あれが好きだよ」

「酢の物か。んだば、明日は魚市場で一番いいタコ買ってくるべ。タコ飯も炊くか？」

「ぼく、タコ飯って食べたことないや。うん、お父さんきっと好きだと思う」

帰宅した香夏子からは、地に足が着いていないと笑われた。

「そんなことないよ」

「いーや、畳から五センチは確実に浮いてるね。足元、見てごらん」

からかわれても、ちっとも気にならなかった。

翌朝は早くに起きだして公子と一緒に隣町の海産物仲卸市場に行き、大きなタコを選んだ。公子は他にもマグロの刺身やホタテ、エビなどたくさん買ってくれた。

家に帰ってからはそわそわと落ち着かなかった。東京から来るとなれば、昼近くの到着になる。わかっているが車の音が聞こえるたびに窓の外を見てしまう。

しかし、昼を回っても英一は姿を見せなかった。

「どうしたんだろう。電話してみたほうがいいかなあ。もしかして乗り換え間違っちゃったかな」

スマートフォンにメッセージが来ないか何度もチェックしてみるが、英一からの連絡はない。

「もうちょっと待ってらいん」

どっかりと構えていた公子だったが、二時を過ぎても連絡がないとさすがに心配になってきたらしい。二時半を回ったところで、

「ちょっと遅いな。電話してみっぺし」

公子が腰を上げた時、車の停まる音が聞こえた。外を見ればタクシーが停まっている。

「来た！」

翔は玄関を飛び出した。

「お父さん、遅いよ」

だが、車から降りてきた人を見た瞬間、ぽかんと口を開けてしまった。

「おばあちゃん？」

父方の祖母だった。英一が乗っているのかと車の中を覗こうとしたが、タクシーはドアを閉めて走り去ってしまった。

「どうしたの？　お父さんは？」

呆然とする翔に、祖母は困ったような顔で微笑んだ。

茶の間に通された祖母は、公子とひとしきり頭を下げ合い、それから事情を説明し始めた。翔は部屋の隅で膝を抱え、唇を噛んでいた。

英一は時間通りに家を出たという。だが、最寄駅に着いた途端、激しい動悸と胸の痛み

に襲われて動けなくなってしまい、そのまま救急車で病院に運ばれたのだった。

病院に駆けつけた祖母に、英一は「翔が心配するから八重浜に行ってくれ」と頼み込んだという。

「ですが、こんな状態で英一を一人にしておくのは怖いので、今日はとんぼ返りさせていただきます。せっかくいろいろとご準備いただいているのに、申し訳ありません」

祖母は深々と頭を下げた。

「なんもしてねぇですよ、そんな謝らないでください。んだけども、鳴海さんも大変だべ」

祖母は泣き笑いで応じた。

「英一の上司からは、本格的な休職を勧められているんです。入院してしっかり治療したほうがいいって病院も紹介してもらってるんです。けども英一は大丈夫だと言い張ってて、なかなか話が進まなくて。でもやっぱり不安定な状態で目が離せないんです。つい先日も夜中に姿が見えなくなってしまって。あちこち捜し回ったんですが見つからなくて、焦ってしまいましてね」

祖母は公子の出した麦茶に手を伸ばしかけ、そのまま顔を覆った。

「万が一ってこともありますでしょ。警察に連絡すべきか迷っているところに、ひょっこりと帰ってきましてね。翔が会いたいって言っている、翔に会いに行くって言い出すんですよ。なんだか感情に波があるようで、もうどうしたらいいかわからなくて」

祖母は公子が差し出したティッシュで鼻をかむと、

「ねえ、翔ちゃん」

と、膝を抱えたままの翔を振り返った。

「お父さんが来られなくてごめんね。でも、わかってあげて。お父さん、いま病気で大変なの。お父さんはね、翔ちゃんのママが病気で入院してるあいだ、一人で頑張りすぎちゃったの。ママが亡くなっちゃったら、頑張っていたあいだの疲れが噴き出しちゃったのよ。翔ちゃん、もう六年生よね。お父さんが大変なの、わかる年齢よね？」

祖母の言葉が鋭い棘のように突き刺さる。

英一が頑張っていた姿は、翔が一番よくわかっている。母の闘病中、朝早くから洗濯機を回し、翔の朝ご飯を用意して、自分は食事をする暇もなく会社に向かった。帰りは病院に寄って母を励まして、洗濯物を持ち帰り、途中で買い物をして夕ご飯を作る。そのあとは、夜遅くまで持ち帰った仕事をしていた。

だけど。

だけど、翔だって頑張った。

洗濯物を干すのを手伝い、洗い物を請け負った。ゴミを出し、風呂掃除をした。米を研いで炊飯器をセットするのは翔の役目だった。乾いた洗濯物を取り込んで畳み、母の入院用の着替えも準備した。英一の帰りが遅くなっても泣き言は口にしなかったし、母の容態が悪くて落ち込む英一を慰めるのも翔の仕事だった。

これまでずっと二人で頑張ってきたのだ。

「わかってるんだったら、会いたいなんてわがまま言わないで。翔ちゃんがわがまま言ったら、お父さん無理しなくちゃいけなくなるでしょ。そうしたらこんなふうに倒れちゃうのよ。お父さんも死んじゃったら嫌でしょ?」

「鳴海さん、ちょっと言い過ぎでねえべか」

公子が口を挟んだが、祖母の口は止まらなかった。

「翔ちゃんはこっちで楽しく遊んで暮らしてるかもしれないけど、お父さんは頑張って病気と闘ってるの。遊びになんか来てられないのよ。わがまま言って困らせないでちょうだい。お願いだから、いい子にしてて」

わがままってなんだろう。いい子ってなんだろう。

奥歯をぐっと噛み締めて立ち上がった。祖母がびくりと身を引いた。翔は踵を返して茶の間を出る。

「翔! どこさ行く?」

公子が叫んだが、振り返らずに家を飛び出した。

9

アパートのチャイムを鳴らすと、しばらく間があって、おそるおそる大也が顔を覗かせた。翔だとわかるとドアが大きく開かれた。

「なんだよ、パパが来てくれて、おれらなんかと遊んでる場合じゃねーんだろ」

「ボートの隠し場所を教えて」

「へ？」

きょとんとする大也に辛抱強く説明する。

「前に教えてくれたでしょ。ボートの隠し場所だよ」

「ちょっとおまえ、声でかいって」

大也はドアから半身を乗り出して、あたりを見回した。

「とりあえず入れよ」

初めて足を踏み入れた大也の家は想像以上に汚かった。玄関を入ってすぐの狭い台所の流しには、汚れた食器が山積みになっている。床に置かれた町指定のゴミ袋には、スーパーの弁当の容器が無造作に詰め込まれていた。

通された部屋にもいろんなものが雑然と積み重なっている。マンガ本、ゲーム、化粧道具、食べかけのまま放置された菓子パンや、汁が入ったままのカップラーメンの容器などなど。「座れよ」と促されたが、どこに座ったらいいかわからない。

「なんでボートがいるんだよ」

大也は定位置らしいテーブルの前で腕組みをしている。叱責されているようで、翔は正座した自分の膝小僧に目を落とした。

「黙ってたらわかんねえって」

重ねて問いかけられて顔を上げた。

「家出するから」

大也の目が丸くなった。

「は？　なんでだよ。パパが来てくれて嬉しいんじゃなかったのかよ」

口を開こうとすると、喉につかえたままの塊が溢《あふ》れてしまいそうで、唇を噛み締めた。

しばらく黙って翔を見ていた大也だったが、

「しょうがねえな」

と隣の部屋に行き、なにやらごそごそしている。戻ってきたときには大きな懐中電灯を手にしていた。

「行こうぜ」

大也はにやりと唇を歪めた。

「え？　大也にはボートの隠し場所さえ教えてもらえたらいいんだ」

慌てる翔を大也は鼻で笑う。

「おれの島に、おれより先に翔を入れるわけにはいかねーよ」

それに、と大也は続けた。

「おれはいつでもこんな家、出て行きたいんだ」

翔は六也を見つめた。サーフィンを始めてからますます黒くなった顔。目ばかりぎょろりと大きい。その目の脇に痣《あざ》が見えた。

「さ、行こうぜ」

笑顔を見せる大也は心強かった。


アパートを出た途端、頭上から男性の怒鳴り声が聞こえてきた。

「ふざけんな、このグズ！」

同時に何かが壊れる音や、叩きつけるような音が響き渡る。ドアが開く大きな音がした。

「出てけ！　二度と帰ってくんな！」

怒声とともにドアが閉まった。

「行こうぜ」大也が小声で促した。「美波んとこだよ、いつもなんだ」

前にホルモン屋で会った美波の継父の姿が思い浮かぶ。ためらっていると大也が翔の腕を引っ張った。

「親に怒鳴られてるところなんか見られたくないだろ」

だが、動けなかった。のろのろと階段を降りてきた美波が、気配を感じたのかこちらを振り返った。大也が舌打ちをする。

「二人とも何してんの」

美波は慌てたように手のひらで目元を拭った。右頬が赤く腫れている。

「ねえ」翔は囁いた。「美波も誘おう」

大也が目を剝いた。

「なに言い出すんだよ、おまえ」

「だって」

言い淀むと、大也は唇を尖らせて考え込んだ。やがて一つ大きく頷いた。

「おい、美波。おまえも行こうぜ」

どこへ、と首を傾げた美波に、翔と大也は声を揃えた。

「おれたちの島に」


松林のあいだを下ってゆく道は、かろうじて歩ける幅があるだけで整備されていない。両脇に生い茂っている草が、手足に触れてちくちくと痛痒い。やがて坂道が途切れると、小さな浜が広がっていた。今まで見た中で一番小さな浜で、浜というより岩場と岩場のあいだにわずかに砂が溜まっただけのような場所だった。背後には高い崖がそびえている。この崖の上に波節神社があるという。

「こっち」

大也の後をついて岩場を少し登ると、崖と岩場の隙間にぽっかりと穴があいていた。そこに、緑色のゴム製のボートとオールが収められている。三人がかりで穴から引っ張り出し、浜に下ろした。想像していたよりも立派で頑丈そうなボートだった。

「三人でもじゅうぶん乗れるな」

大也が得意げに鼻を鳴らした。

空を見上げればそろそろ夕暮れだった。公子や祖母が心配しているかもしれない。だが、引き返すつもりはなかった。

「行こう」

翔は自分に言い聞かせるように二人を促した。

大也と並んで座り、それぞれ一本ずつオールを握って海へと漕ぎ出した。

だが、出発してすぐにオールで水を掻くことの難しさを知った。息を合わせないとまっすぐには進まなかったし、うまく水をとらえられずに空を掻くとバランスが崩れてしまう。

「ちくしょう」

何度目かの空振りをした大也が空を仰いだ。

「マメができちまった」

手のひらをしげしげと見ている。翔もつられて自分の手を見た。鉄棒をした時のように、指の付け根が赤くなっている。

「代わろうか?」

美波が申し出たが、不用意に動くと転覆しそうになる。危険は冒せなかった。

「ちっとも着かないね」

崖の上から見たときは、無人島は目と鼻の先に見えた。しかし、海原に出てみると、島との距離は想像以上に遠かった。オールさばきが慣れないせいもあるが、なかなか距離が縮まらない。それでも振り返ってみれば、出発した浜からもだいぶ沖に出ている。日はほとんど暮れかけていた。名残の夕焼けでかろうじて周りの様子が見える。

「ねえ、ボート、勝手に動いてる」

美波が声をあげた。はっと周りを見回すと、ボートは島とは反対方向に流れている。

「潮が引いてるんだ。おい、見ろよ」

大也が水平線を指差した。点在する島々の間を縫うようにして、月がゆっくりと昇り始めていた。驚くほど大きく、禍々しく赤い月だった。

「満月……大潮だ。急がないと流されちゃう」

美波の言葉に、再びオールを手に取った。

潮の流れについては、サーフィンを始めると同時に香夏子に注意されていた。海の中には、目に見えない潮の流れが存在している。特に大潮の日、満月や新月の前後数日は潮の満ち引きが大きいから注意しなくてはならない。岩や、島と島のあいだは潮の流れが複雑になっている。場所によっては驚くほどのスピードで沖に流されてしまうのだ、と。

翔と大也は無人島に向かってオールを動かした。美波も身を乗り出して手で水を掻く。しかし、ボートはますます島から遠ざかってゆく。

「やばいな」

大也がぽつんと言った。

どのくらい漕ぎ続けただろう。あたりはすっかり暗くなっていた。

三人はボートの中でぐったりと座り込んでいた。必死にオールを動かして島を目指したが潮の流れには勝てず、やがてどちらからともなく漕ぐのを諦めてしまった。陸地と思われる方向に向かって何度か助けを求めたが、声は虚しく海面を滑って消えてゆくだけだった。

電池がなくなってしまうのは怖いが、周りの岩に気がつかないのも危険なので、懐中電灯は一番小さなライトを点けて交代で持った。

見上げる角度まで昇った月は、水平線にあったときより色味は白くなったが、依然として大きく明るい。そのせいで潮の流れが速いとわかっているが、満月の明るさがなかったらもっと絶望的な気分になっていただろう。

「腹減ったなあ」

大也がぼやいた。

「翔んちのばあちゃんが作ったハンバーグが食いてえ」

「あんなの不味いじゃん」

文句を口にしたものの、思い出すと胃がきゅっと鳴った。

「贅沢だなあ。メシ作ってもらえるのって、すっげーありがたいじゃん」

「わかってるよ」

「ちっともわかってないね。作ってもらって、マズイとかよく平気で言えるよ」

馬鹿にしたような大也の口ぶりが癇に障った。

「ケチャップで煮ちゃうハンバーグなんてハンバーグじゃないよ。お母さんが作ってくれたハンバーグのほうが断然美味しい」

「そりゃそうかもしれないけどさあ」

大也は口ごもった。

「翔は、おばあさんや香夏子さんが嫌いなの？」

美波に問いかけられる。翔は首を横に振りかけて、だけど堪えきれずに吐き出した。

「嫌いじゃないよ。嫌いじゃないけど、もう嫌なんだよ」

（いい子にしていたら、お父さんはすぐに元気になるから）

祖母はそんなふうに諭して翔を送り出した。

だから、いままで頑張ってきたのだ。これまでだって頑張ってきたけれど、もっともっと頑張った。

最初にこの町に来た時、想像以上に田舎だとがっかりした。歩いていける距離にコンビニがないなんて！　開いてるんだかどうだかわからないような古びた商店には、日に焼けて色褪せた商品が平気で並んでいる。翔の好きだったお菓子も、飲み物も売っていない。

公子の家は古くて、変な臭いが染み付いていたし、天井の雨染みや風呂場のタイルにこびりついて取れない汚れは触るのも嫌だった。風呂に入る時は、どこにも体が触れないように縮こまって緊張しながら入った。

通学路のウシガエル、道路を横断する巨大な毛虫、手のひらサイズの蛾や、ぶんぶん威嚇する大きな蜂。東京では見たこともない生き物に遭遇するたび、本当は泣きそうだった。シワだらけで訛ってる公子は貧乏くさく見えたし、香夏子は陽気を通り越してガサツだった。クラスの子たちは驚くほど幼稚だし、授業もレベルが低かった。

だけど我慢した。

我慢して文句ひとつ口にしなかった。英一が早く良くなるように。翔が八重浜でいい子にしていたら、英一は元気になってくれるはずなのだから。

「だって、お父さんまでいなくなっちゃったら、ぼく一人ぼっちになっちゃう」

かさついた膝に顔を埋めてまくしたてる翔を、大也も美波も黙って見守っていた。

「おい、翔」やがて大也がきっぱりと言った。「家出は中止だ。帰ろうぜ」

顔を上げると、大也は力強く頷いた。

「帰って、おれらが言ってやる。翔は頑張ってるって。わがままなんか言ってねえってちゃんと証明してやる」

「わたしも証明する」美波も言った。「クソババア、どこ見てやがんだ、って言う。てめえの目ん玉腐ってんじゃねえのかって」

生真面目な顔で罵詈を口にする美波に翔は目を見はり、それから吹き出してしまった。

「なに笑ってんの、わたし本気だよ。悪口なら負けないんだから」

「おれだって得意だぞ。このイソギンチャク顔が！　って怒鳴ってやる」

「それって悪口？」

「じゃあ、このウマヅラハギめ！　って言う。それともオニカサゴのほうがいいか？」

二人の掛け合いを笑いながら、あれ、と思った。気がつくと目からぱたぱたと涙がこぼれていた。ずっと喉の奥に詰まっていた熱い塊が嗚咽になって溶けてゆく。

顔は涙と鼻水で、きっとぐちゃぐちゃだ。しゃっくりみたいに喉が鳴って、まともな言葉が出てこない。それでも二人は笑ったりしなかった。

ぎゅっと手を握られた。右手を大也が、左手を美波が握る。大也と美波も手を繋いだ。三人の輪ができる。

「大丈夫だ。おれたちはぜったいにおまえの味方だから」

うん、と答えたが掠れて言葉にならなかった。それでも二人には伝わったとわかった。

「ねえ、あれ見て」

美波が声を張り上げた。

さほど遠くないところで、明るい光が周囲を照らしているのが見えた。「おーい」という声が風に乗って聞こえてくる。

「船だ！」

大也が叫んだ。美波は足元に置いていた懐中電灯の明るさを最強にしてぐるぐると回す。こちらに気づいたらしく、船が近づいてくる。漁船だった。船の輪郭はクリスマスツリーのような電飾で覆われていて、ぴかぴかと眩しい。

「助かったぞ」

大也が翔の肩を揺さぶった。

迎えにきてくれたのは顔なじみの漁師だった。漁船に引き上げられ、そのまたった二、三分走っただけで漁港が見えてきた。

「ここ八重浜漁港？」呆然としてしまう。「あんなにたくさん漕いだのに」

「同じところをぐるぐる回ってたみたいだな。おおごとになる前に見つかってよかった。いいか、おまえら。この時季だったから外洋に出なくて済んだんだ。一歩間違ったら、とんでもないことになってたぞ」

漁師は塩辛い声で言った。

「覚悟しとけよ、公子さんカンカンだぜ」

船は減速し、船着き場に向かう。防波堤に公子が仁王立ちしているのが見えた。香夏子と祖母の姿もある。

「何やってんだ、このあほんだらが！」

船を降りるやいなや、拳骨が容赦なく頭に振り下ろされた。

「最初によっぐと言っといたべっちゃ！　海を甘く見るんじゃねえぞって」

続けざまに大也の頭にも、美波の頭にも拳骨が落ちた。

「母さん、よそ様の子を殴ったりするといろいろ問題が」

香夏子が止めたが、

「なに言ってるんだ。悪さしたらごっしゃぐのは当たり前だ！　身内も他人も関係ない！」

公子は怒鳴る。だが、漁船の明かりに照らされた顔は、今にも泣き出しそうに見えた。

「ごめんなさい」

頭を下げた。大也も美波も翔に倣う。公子はふんっと鼻を鳴らし、それから「無事で良かった」と絞り出すように言った。

「翔ちゃん」

祖母がおずおずと近づいてきた。

「ごめんね。ごめんなさいね」

そっと伸ばされた手が頬に触れる。新しい涙が出そうになって、翔は黙って頷いた。

10

梅雨入りが発表されたが、今年は空梅雨らしい。天気のいい日が続いている。陽射しは強く、海は穏やかで、水温は日に日に温くなってゆく。

サーフボードにまたがって波待ちをしていると、沖のほうからうねりが近づいてくるのが見えた。大也と美波が競い合いながらパドリングを始める。翔も負けじと波を追いかけた。翔も大也もまだ波には乗れていないが、特訓の成果かパドリングで自在に動けるようになっていた。最初にピークに着いた大也がボードに立とうとした。しかしタイミングが悪いのか、頭から波に突っ込んでしまう。大也が逃した波を、美波が軽やかに乗りこなしてゆく。

「くそー」

吠える大也を笑いながら、次の波を待つ。

漂流事件のあと、英一は会社を休職し都内の病院に入院した。ゆっくり静養し、心のバランスを取り戻すのだそうだ。

入院前に英一から電話があり、約束を守れなかったことを謝罪された。

「本当にごめんな。父さん、頑張って早く治すから」

と繰り返す英一を遮った。

「お父さん、頑張らないでいいんだってば」

電話の向こうで英一が黙り込む。

「お父さん、パドリングって知ってる？　サーフィンするとき、手でボードを漕いで沖に出るんだけどさ、そのとき早く前に進みたいからって頑張って力を入れすぎると、ぜんぜんダメなんだ。バランスや、力を抜く加減が大事なんだよ。きっとそれと同じなんだよ。頑張って治そうって思わないほうがいいんだ」

しばらく黙っていた英一は、やがて風船の空気が抜けたときのような息を吐いた。

「ぼくは、翔に助けられてばかりだな」

「そうなの？」

そうだよ、と英一は笑った。

「ありがとう。おまえがいてくれて本当に良かった」

英一が八重浜町に来られるようになるには、もう少し時間がかかるかもしれない。だけど大丈夫だ。いつか、一緒に海に入れる日が来る。そのときが来るまでこの町で暮らしていこう。

「翔！」

美波の声に顔を上げた。目の前に綺麗な三角波が近づいてきていた。

翔は波に背を向けて、パドリングを始めた。ボードの重心を意識して、軽く胸を反らし、力を込めすぎないで。水を、波を、掻く。

ふわり、と体が波に持ち上げられる感触があった。

今だ、とわかった。

ボードに手をつき、腹ばいになっていた体を持ち上げる。ボードの上で足を踏ん張る。

バランスが崩れそうになるのを、腹に力を込めて堪えた。

あとは波が押してくれた。

大也の驚き顔が、美波の笑顔が、目の端に映る。

一本の波はあっという間に崩れ、翔はそのまま砂浜へとたどり着いた。大也と美波の歓声が波を伝って届く。

サーフボードの上から見た景色は、これまで見たどの景色とも違って見えた。太陽は眩しくきらめき、空はどこまでも青く、海は永遠のように広かった。

翔は空を仰いで歓声をあげた。

もうすぐ、八重浜町に夏がやってくる。

第二章　大也

1

だらだらと続く坂道の、最後の急勾配を登り切って振り返れば、きらめく海が広がっている。てっぺんまで咲いた赤いタチアオイとのコントラストが鮮やかだ。

高台に建つ中学校の校門をくぐり抜け、額に滲む汗をこぶしで拭う。まだ八時を回ったばかりなのに、太陽は本領発揮とばかりに照りつけていた。吹きつける風は熱気をはらんでいて、気温はますます上がりそうだ。

普段だったら不満しか出てこない状況だが、今朝の足取りは軽い。なんだったら、もっと暑くなればいいのにと思う。なんてったって明日からは夏休みなのだ。暑さを倍増するセミの鳴き声にすらエールを送りたくなってくる。

「おはよう、大也」

弾む足取りで教室に入ると、窓際の席で数人の男子生徒と話していた翔が手を上げた。大也も手を振り返す。

入学した時はお互いにコスプレみたいで似合わなかったネクタイ付きの制服は、四ヶ月経ったいまではすっかり馴染んでいる。

翔がこの町に来て一年とちょっと。大也とそう変わらなかった背丈は、この数カ月で急に伸びた。掠れていた声も大人のように低くなっている。いまだに痩せっぽちでチビの大也とは違う。

「また寝坊？　海に行く時は早起きできるのに不思議だねえ」

だが、大也に向けられるのんびりとした笑顔は変わらない。

「るせーよ」

大也は小突く真似をする。待ち合わせて登校するのは小学生の頃から変わらないが、あまりにも大也の寝坊が多いので、時間が来たら先に行っててくれと取り決めをしてあった。

「学校終わったらまっすぐガーデンに行くだろ？　なんだか知らねえけど、香夏子、早く来いって言ってたよな」

「それなんだけど」

翔が困ったようにすべすべした眉間にシワを寄せた。

「ぼく、遅くなるかもしれない。ううん、行けないかも」

「なんでだよ」

歯切れの悪い翔に首を捻る。前々から夏休みに入ったら一日中サーフィンをしようと約束していた。当然、夏休み前日は夏休みに含まれる。大也はもちろん、翔もそのつもりだったはずだ。

「鳴海はおれらと約束あんだよ」

さっきまで翔と話をしていた三上《みかみ》が口を挟んだ。

「約束ってなんだよ、知らねーし」

大也が口を尖らせると、三上は乾いた笑い声を立てた。

「栗原には関係ない」

「なんだよ、てめえ」

気色ばむと、翔が焦ったように口を挟んだ。

「違うんだ。三上くんちのバーベキューに誘われたんだよ。ぼく、大也も行くんだと思ってたから、うんって言っちゃって」

途中から翔の目は伏せられてゆく。ああ、話の展開が読めてきた。

「親父がでっかいバーベキューコンロ買ったんだ。めちゃくちゃ本格的なやつ。それで友だち誘えって言われてさ」

三上が得意げに胸を張る。

「一昨日からでっかい塊肉仕込んでんだ。親父は今朝、海産物仲卸市場に行ってる。山ほど魚介類仕入れてくるって張り切ってた」

すげえ豪華、楽しみー、と周りの子が口を挟んだ。

「三上くん、みんな誘ってるって言ったじゃん」

翔が力なく言う。

「友だちはみんな誘ってるよ。けど、友だちじゃないやつは誘わない。おれ、泥棒とは友だちじゃないし」

三上の言葉に翔を除く全員が爆笑する。通りかかった女子までもがくすくす笑いを残してゆく。

「この……」

握り拳に力が入る。

「ほんとの話だろ。親父からも栗原の子は誘うなって言われてるんだ。家のもの盗まれるからさ」

始業のチャイムが鳴っていなかったら、たぶん一、二発殴っていただろう。

「おはよう。何してるの、あなたたち。ほら、さっさと席に着いて」

教師に追い立てられて、三上は挑発的に顎をそらしながら席に着く。振りかぶった拳の収めどころがわからなくて、大也は手近な机を殴った。ただ痛いばかりで、苦い気持ちは消えてくれなかった。

気をつけてみれば、クラスの大半がひそひそと三上の家のバーベキューの話をしていた。何時に集合な、遅れんなよ。何持ってく？　ママが春巻き作ってくれるって。花火もやるんだってね。楽しみ。ちょっと、しーっ。

大也が近づくとワザとらしい目配せと含み笑い。昨日や今日で決まった話じゃないのだろう。どうして今まで何も気がつかなかったのか、そっちのほうが不思議だった。

「大也も行こう。三上くんに頼もうよ。一人くらい増えたってきっと大丈夫だよ」

翔が申し訳なさそうな顔で言う。頼むから放っておいてくれと思う。

「べつに興味ねーし」

そうじゃないと大也はこんなふうに強がらなくてはならない。近くにいた男子がバカにしたように鼻を鳴らした。

退屈なホームルームが終われば待ちに待った夏休みのスタートだ。だが、朝の昂揚感はすっかり消え失せていた。

「鳴海、並木商店に付き合ってよ。氷買ってきてくれって頼まれちゃったんだ」

三上の取り巻きが近づいてくる。これ以上、翔の困った顔を見ていたくなくて大也はカバンを肩に担いだ。厭味のひとつでも言ってやりたかったが、うまい言葉が見つからなかった。

「じゃ、おれ行くわ」

「大也」

翔は追いかけては来なかった。

教室を出る時、女子の一人が安堵の声を漏らした。「あー、黙ってるのキツかったー」

唇をぎゅっと噛む。こういうことには慣れている。踏み出す一歩一歩に力を込めた。こんなふうに誰もかれも踏みにじってやれたらいいのに。


ガーデンの赤い屋根が見えてくると、大也は深呼吸をした。歯を食いしばりすぎたせいか、こめかみがずきずきと痛む。けれど、ここまで来ればもう誰にも気兼ねしなくていい。ようやく呼吸が楽になった。

「ちわーっす」

開けっ放しのドアから顔を覗かせると、店の中央にある大テーブルで香夏子が見知らぬ女性と話をしていた。常連客が大半を占めるガーデンでは初めて見る顔だったが、香夏子とは親しいらしい。大也は顎を突き出すようにして軽く会釈した。店の裏手に回ろうとしたとき香夏子が首を傾げた。

「あれ、翔は？」

「今日は来ないってさ。聞いてないのかよ」

「今朝、会ってないもん。えー、なんでよ。早めに来てって頼んでたのに」

「知らねーよ。あいつにも用事があるんだろ」

クラス全員の集まりに大也だけ除け者になったなんて、わざわざ言う必要はない。

「あんたの自慢の甥っ子、来ないの？」

テーブルについていた女性まで困ったように眉をひそめている。

大也は肩をすくめて店を出た。ウッドデッキが敷かれているガーデンの裏手には小さなプレハブがあり、大也たちのサーフボードやウエットスーツを置かせてもらっている。そこに美波の姿を見つけ、驚いた。

「おまえ、三上んちのバーベキューに行かなかったのか」

「誘われなかったもん」

美波は顔も上げずにサーフボードにワックスを塗っている。

内心、ちょっとほっとしている自分が悔しかった。仲間外れは自分だけじゃない。そんなふうに喜んでしまう気持ちが薄汚い。

「なんか悔しくねーか？」

つい、おもねるように訊いてしまう。

「なにが？」

美波はワックスを塗る手を止めない。

「だってさ、あいつら隠れてこそこそと話回してるとかって」

「べつに。好きでもない人たちと肉食べたって美味しくないでしょ」

ふっと鼻から息が漏れた。こいつは強い。その強さが羨ましくて、少しだけ妬ましい。

「そんなことより、波、見た？　サイズあるし、面がきれいだし、ここ最近じゃ一番いいよ」

　美波のわくわくがうつる。そうだ、あいつらなんか気にしてる暇なんてない。夏休みが始まったのだ。大也は自分のボードをプレハブから引っ張り出した。

「二人にお願いがあるんだけど」

　ウエットスーツに着替え、いざ海へ向かおうとしたとき、香夏子と店にいた女性がやってきた。

「彼女、わたしの高校の時の同級生でね、映像制作会社に勤めてるんだけど」

「高梨真千子《たかなしまちこ》って言います。うちの会社で八重浜町のプロモーションビデオを作る仕事を請け負ったのよ。子どもがサーフィンしてる絵が欲しくて香夏子にお願いしてたんだけど、甥っ子さん、来られないんだって？　だから、あなたたちに出演してもらえないかなーって。わたしも忙しくて今日しか時間取れないの。波もいいっていうし、天気も申し分ないし。ね、おねがい」

　真千子は両手を合わせて拝む真似をする。大也は美波と顔を見合わせた。

「そういうの、親に叱られるんで」美波がぼそぼそと言う。「目立つのとかダメです」

「それは大丈夫。ドローンで撮るけどはっきりと顔を映すつもりはないから。ほら、サーフシーンのワンカットが欲しいだけなのよ。それに、八重浜町のプロモーションビデオなんて見る人いる？　いないわよ」

「あんた、身も蓋もない」

香夏子は呆れたように言うが、大也と美波に向き合うと頭を下げた。

「二人ともおねがい、協力してあげて。安請け合いした上に、翔にちゃんと話しておかなかったわたしが悪いんだ」

香夏子に頼まれたらいやとは言えない。

「それって謝礼もらえんの？」

「お、そうこなくちゃ。なんか欲しいものでもあるの？」

真千子が腕組みをして大也を見下ろす。

「あれ。あのボード」

店内を指差す。一番目立つところにあるレトロボードは、有名なシェイパーが手がけたビンテージもので三十万円の値がついている。

「あははー、そりゃ無理だ」真千子は笑顔で受け流す。「デリバリーのピザくらいなら奢ってあげられるからさ。頼むよ」

バーベキューの焦げた肉より、ピザのほうが断然嬉しい。よし、と大也は張り切った。

「約束したかんな。忘れんなよ。美波、行くぞ」

大也はボードを持って走り出した。

美波の言う通り、久々にいい波だった。平日のため人も少なく、ほぼ貸切状態だ。サーフボードにまたがって波待ちをしていると、水平線の向こう側からうねりがやってくる。

方向転換してパドリングを始めた瞬間、視界の左端に動くものが映った。美波だ。大也より速いパドリングで瞬く間に波をとらえる。滑り出したボードの上に立ち、すいすいと波を乗りこなしてゆく。

「ちくしょー」

　撮られるのを渋っていたくせに、このままでは美波の独壇場で終わってしまう。美波が戻ってくる前になんとしてでもいい波をつかまえなくては。

　きた、と次のうねりを目で確認し、がむしゃらにパドリングを始めた。美波はまだこちらに向かってくる途中だ。この波はおれのものだ。

　体の下のボードが波をつかんで滑り出す。よし。大也は両手に力を入れて体をボードの上に乗せた。次の瞬間、ボードの先端が波に突き刺さった。そのまま、頭からつんのめってしまう。ボードと一緒に波に揉まれた。塩辛い水を飲まされてやっとの思いで水面に出ると、美波の朗らかな笑い声が聞こえた。

「力みすぎー」

　くそったれ、吐き捨てるが咳き込んでしまって言葉にならない。美波はけらけらと笑っている。

「次こそは負けねーかんな、勝負だ」

「望むところだ。ほら、次の波来てるよ」

　美波が沖に向かってパドリングを始める。競うように大也も腕を動かした。

「こんないい波、久しぶり。もしかしてこの夏一番じゃない？　翔はきっと残念がるね」

「夏じゅう自慢してやろうぜ」

クソ生意気な女だが、今日こうやって二人で波乗りできてよかった。

真千子は約束を守り、Lサイズのピザを二枚もデリバリーしてくれた。さんざんサーフインして空腹になった体にピザはいくらでも入る。真千子はいい絵が撮れたと喜んでいた。

「きみ、なかなかやるじゃん」と大也を褒めてくれたのが一番嬉しかった。

薄暗くなりかけた道を、気だるい体を引きずるようにして家に帰る。となりを歩く美波も疲れたのか終始無言のまま、アパートの前で「じゃあ」と別れた。

塗装が剝げかけたドアを開けると、甘ったるい香水と生ゴミの臭いが鼻をついた。台所のシンクには、昨日の夜から洗っていない食器が積み重なっている。リカが食べ残したらしいスクランブルエッグにハエがたかっていた。見ないふりして茶の間に入ると、リカが足の爪を塗っていた。

「さっき翔が来た」

顔も上げずに言う。

「ケンカでもしたのかよ。なんか深刻そうな顔してたけど」

「関係ないだろ」

リカのスマートフォンが鳴り出した。

「今から？　うん、いいよ。すぐ支度する」

短く了承すると、リカは着替えだした。

「どこ行くんだよ」

「おめーに関係ねーよ」

手早く化粧しながら答える。

「メシは？」

「勝手に食ってろ。たぶん帰らないから」

まもなく短いクラクションの音が聞こえた。リカは小さなバッグをつかむと、蝶のようにひらひらと出て行った。

恋人ができるとバカみたいに夢中になる人だと知っている。夢中になり、さんざん大也を振り回し、別れては大騒ぎをする。物心ついたときからずっとその繰り返しだ。自由といえば聞こえがいいが、単に無責任なだけだ。

ついさっき、さんざんピザを食べたはずなのに、胃が鳴った。炊飯ジャーを開けてみると、数日前に炊いた飯が酸っぱい臭いを放っていた。

「くそったれ」

毒づきながら戸棚を漁《あさ》る。買い置きしていたはずのカップ麺はいつのまにかなくなっていた。腐った飯を捨て、炊飯ジャーを洗い、コメを炊くという手間を考えると気が遠くなった。シンクに放置されたままの食器もいずれ洗わなくてはならない。海から上がったあとガーデンで水を被ったが、髪の生え際が砂でじゃりじゃりする。シャワーを浴びたいが風呂もしばらく洗っていない。

考えれば考えるだけ腹が立ってくる。

自分の部屋にしている三畳間に入ると音を立てて襖を閉めた。敷きっぱなしの布団に横たわる。いいや、もうこのまま寝てしまおう。明日、海でぜんぶ洗い流せばいい。汗臭いタオルケットを足で蹴飛ばし、大也は目を閉じた。

2

授業のときはたった五十分があんなに長いのに、休みだとあっという間に一日が終わってしまう。

朝一番で海に行き、昼下がりまで存分に波乗りしたら、ガーデンのウッドデッキで昼寝をする。目が覚めたら三人でだらだらおしゃべりをし、ときに香夏子の代わりに店番をしたり、常連客にからかわれたりしながら、夕方また海に入る。夜は意識を失うように眠りにつき、朝はまだ薄暗いうちに目が覚める。大也たちの休暇のルーティンだ。

波は一日とて同じ日はなかった。毎日何時間も海に入っているのに、まったく飽きない。ただ、太平洋高気圧が張り出しているせいかスモールコンディションが続き、物足りなさを感じる日が多かった。

「やっぱ初日の波は最高だったよな」

翔が悔しがるので、面白がって何度も自慢した。

翔はあの日のバーベキューについて「大也も美波もいないからつまんなかった」とこぼしたきりで、何も話さなかった。もし翔がバーベキューの話をしたら、ピザを奢ってもらったとかプロモーションビデオに出るんだとか自慢してやろうと思っていたけれど、話しそびれてしまった。そのうち話そうと思っているうちに、記憶の片隅に押しやられてしまった。

「かったるいなー」

大也はハーフパンツのポケットに手を入れてぼやいた。一枚きりしか持っていないハーフパンツは小六の春先に祖母に買ってもらったもので、もうずいぶんとくたびれている。ポケットには穴が空いていて、つい指先で触っているうちにどんどん広がってしまった。尻の部分の布も薄くなっていてそろそろ限界なのだが、あとは厚手のジーンズしか持っていない。真夏にそれは拷問に近い。

「しょうがないよ。ほら、急がないと遅れるよ」

今日は波乗りを午前中で切り上げて、夏祭りの準備に駆り出されていた。毎年八月二十日に行われる波節神社の祭典は、三つある地区ごとに神輿《みこし》が出て町中を練り歩き、神社の境内では神楽舞《かぐらまい》が披露される。町のいたるところが飾り付けられ、屋台も多く出て、八重浜町が一年で一番賑やかになる日だった。大也にとっては子どもの頃から楽しみにしている祭りだ。けれど、小遣いを握りしめて遊んでいればよかった小学生の頃と違って、中学生になると祭りの準備を担わなくてはいけなくなる。

八重浜中学校では、歴史を学び地元に貢献するという理由で、祭りへの参加が課外授業の一環として義務づけられていた。一年生、二年生は自分たちの属する町内会ごとに、紙《し》垂《で》を作ったり、倉庫にしまわれていた神輿を磨き上げたりといった手伝いをしなくてはならなかった。さらに祭り当日は、ふんどし姿で神輿の担ぎ手にならなくてはいけない。それもまた恥ずかしい。

今日は集会場で紙で花を作る作業を命じられていた。作業自体は簡単だが、そのぶん退屈で仕方がない。サボってしまいたいが、それぞれの地区を教師が巡回して点呼を取っているのでそうもいかない。

「翔も大也くんも手が止まってるよ」

翔の父、英一が集会場の入り口から顔を覗かせた。

妻を亡くしてから体調を崩していた英一だが、いまはだいぶ安定しているらしい。職場にも復帰したそうだ。それでもまだ体調には波があるそうで、無理は禁物だという。いま、英一は長めの夏休みを取得して八重浜町に来ていた。腰を痛めてしまった公子に代わり、祭りの準備を手伝っている。翔は、ちょくちょく外で顔を合わせる英一を鬱陶しがっているが、まんざらではないんだろうなと大也は推察している。

大也は父親を知らない。リカは教えてくれないし、もしかしたらリカ自身もわからないのかもしれない。だから、英一の存在が少し眩しい。

「たりーよ」

「もう少し辛抱してさ。女の子たちも頑張ってるし、もうひと踏ん張りだよ」

英一が目をやった先を見れば、集会場の前の空き地で女子たちが神楽舞の稽古をしていた。単調な動きに見えるが、乱れずに舞うのはなかなか難しいらしく、夏休み前から特訓が行われていた。今日は巫女装束をまとっての稽古で、白い上衣と朱色の袴を穿いた姿は見ているだけで暑苦しい。そこに美波の姿もあった。手に持った鈴を高く掲げ、しゃん、と鳴らしては、ゆったりとした動きで円を描くように回る。普段とは違う滑らかな動きに目が釘付けになった。

「美波ちゃん、きれいだなあ」

英一が感嘆する。見惚れていたのをからかわれたのかと思い、大也は語気を荒くした。

「おじさん、恥ずかしくねーのか。きれいだとかお世辞言っちゃってさ」

「お世辞じゃないよ。翔もきれいだと思うよね」

翔は苦笑して答えない。

「照れもせずに言うのがこっぱずかしいんだよ。大のオトナがかっこ悪い」

小馬鹿にしたように言うと、英一はおっとりとした笑顔を向けた。

「大人だろうがなんだろうが、大切な人にはきれいだとか可愛いとか、ありがとうとかをきちんと伝えてあげるといいよ。伝えられる時にちゃんと伝えないと後悔するから」

るせーよ、と虚勢を張ったが、口の中で呟くだけに終わった。

「忘れてた。差し入れを持ってきたんだ。翔、みんなに配ってきてくれないか」

英一はペットボトルがぎっしり入ったビニール袋を翔に渡した。

「はーい」

翔は素直に受け取り、ペットボトルを配り始めた。大也も汗をかいたコーラのペットボトルを受け取り、口をつけたあとにふと気になった。

「これ、おじさんの自腹？」

「違う、違う。町内会費にお祭りの経費があって、父さんが預かってるんだって。心配しなくて大丈夫」

翔は最後に余ったオレンジジュースの蓋を開けながら、父親そっくりの笑顔で言った。

「なあ、鳴海。おととい並木商店に泥棒が入ったって話、聞いたか？」

同じ長机の反対側に座っていた三上が身を乗り出して話しかけてきた。つい舌打ちが出てしまう。

祭りの準備作業がかったるい要因の一つには、三上と顔を合わせなくてはいけないせいもあった。できるなら離れた場所で作業したかったが、五つある机のうち二つは婦人会の大御所たちが占拠していたし、他の机は二年の先輩たちが使っている。そこに割り込むのはさすがの大也でもためらわれた。そもそも、同じ町内会に同学年の男子は大也と翔を含めて四人しかおらず、今日はもう一人の男子が家の都合で休んでいた。そのせいで、大也と三上とで翔を取り合うような形になってしまっていた。

「そうなの？　知らない」

胸糞悪い三上を相手にしても、翔は穏やかだ。もっと冷たくあしらってくれたっていいのに、と歯がゆく思う。調子に乗った三上はさらに身を乗り出した。

「裏口の鍵が壊されて、酒とかジュースとか盗まれたんだってさ。レジの金は無事だったみたいだけど、どうやら子どもの仕業じゃないかって噂になってる」

三上は意味ありげな眼差しを大也に向けてきた。

「なんだよ、言いたいことあるならはっきり言え」

大也が睨みつけると、三上は身を震わせる真似をした。

「うわ、怖っ。やっぱ泥棒は違うな」

「三上くん、そういう言い方やめなよ」翔が割って入った。「大也が並木商店に盗みに入ったわけじゃないんだし」

「は？　違うよ。今回の話をしてんじゃないよ。こいつが泥棒なのはホントだぜ。みんな知ってる話なんだから別にいいだろ」

ふてくされたように三上の声が大きくなった。休憩していた他のテーブルの人たちが、こちらを窺っているのが目の端に映る。

「だいたい何でこいつが泥棒してないって言い切れるんだよ。陰でなにやってるかなんてわかんないだろ。なんせ赤ん坊の頃から万引きしてるんだ。そんな奴、信じろって言うほうが無理じゃん」

「ちょっと三上くん」

庇おうとする翔を止めた。

「いいよ。どうせほんとの話だ」

翔は何か言いかけたが、周囲の視線に気づいたらしく口を閉じた。

「さっさと終わらせて、もう一回海に入ろうぜ」

困ったような微笑みで、翔は頷いた。

3

物心がついた頃から、リカと一緒にスーパーに行くとスティック状のガムや飴をポケットにねじ込まれていた。少し大きくなると、体には不釣り合いなサイズのバッグを持たされて、そこに肉のパックやパンなどを放り込まれた。レジを通さずに物を持ち帰ることに何の疑問も抱いていなかった。

自分たちが悪いことをしている、と知ったのは小学生になってからだ。少し離れたところにある大型のスーパーに連れて行かれた時だった。いつものように大也が持つ新幹線の絵がついた布バッグに、リカがお菓子やらビールやらを入れてゆく。すっかり重くなったバッグによろめきながら一人でスーパーの外に出たとき、警備員に腕をつかまれた。慌ててリカを捜したが、リカの姿はどこにもなかった。

初老の警備員はこれは犯罪だ、と大也を怒鳴りつけた。耳がわんわんするくらいの剣幕で警察に突き出すと言われ、大也は泣きながら謝った。リカのスマートフォンに電話をしても繋がらず、結局、祖母が呼び出され、盗んだものの代金を支払ってようやく解放された。祖母に連れられてアパートに帰ると、すでに帰宅していたリカが「捕まるなんてマヌケだな」と笑い飛ばした。

しばらくのあいだ、いつ逮捕されるかとびくびくしながら過ごした。

ほとぼりが冷めると、リカはまた大也を連れてスーパーに行くようになったが、今度は前ほど成功しなくなった。大也が周囲の視線を気にするようになってしまったからだ。何度か警備員に捕まり、時には警察に補導されるうちに、リカもお灸を据えられたのだろう。やがて、大也をあてにしなくなった。

ずいぶん前から大也とその母親の素行は周囲から問題視されていたらしい。小学校に入学した頃には大也と遊んでくれる友だちはいなくなっていた。

五年生の秋だった。

不要な金銭を持ってきてはいけないという決まりなのに、学校にお金を持ってきた子がいた。大也の隣の席の女子で、「内緒にしててね」と囁かれた。ピアノ教室だったか、そろばん塾だったかに払い込む月謝。薄茶色の封筒に入った六千円。べつに欲しかったわけではない。ただ、普段はそっぽを向いて何も話さない子が、秘密を口にしてくれたのが嬉しかった。

なんで盗んだのかと問われたら、あの子の気を引きたかっただけと答えただろう。あの頃の大也が自分の気持ちをうまく言葉にできていたなら。

昼休みが終わる頃、女子はお金がないと騒ぎ出した。大也しか知らないはずの封筒の存在はなぜかクラス中が知っていて、すぐさま誰が盗んだのかと犯人捜しになった。机の中にねじ込んでいたくしゃくしゃになった封筒はあっという間に見つかり、大也は吊し上げを食らった。

「ほらね、言った通りでしょ。やっぱり盗んだじゃん。こいつ、根っからの泥棒だよ」

件《くだん》の女子が賢しらに言ったのを耳にした時、はめられたのだと知った。

職員室に連れて行かれ、担任や学年主任やらに責め立てられているあいだ、大也は押し黙っていた。

封筒の金をちらつかせ、大也が盗むかどうかをクラス総出でほくそ笑みながら監視していたのだろう。まんまと引っかかってしまった自分が悔しかったし、騙されていたのも腹立たしかった。今頃全員でしてやったりと大喜びしているだろう。

口をつぐんだままの大也に焦れた教師がいきり立った。

「いいかげんにしろ！　どうして盗んだんだ」

肩を小突かれて体が傾いだ瞬間、何かが吹き飛んだ。

大也は唸りながら教師の机の上を両手でなぎ払った。マグカップが床に落ち甲高い音を立てて割れる。コードに繋がれたままのノートパソコンがとなりの机まで吹っ飛んでゆく。

積み上げられた生徒のノートが、書類の束が、ペン立てが床に散らばった。

「何してんだ！」

先生たちの慌てふためく様子に、暗い昂奮が掻き立てられた。

あたりを見回すと、掃除用具を入れているロッカーが目に入った。取り押さえようとする教師たちの手をかいくぐり、ロッカーを開けて最初に目についたモップをつかんだ。思い切り掲げた瞬間、天井の蛍光灯が割れた。女性の先生の悲鳴が響く。モップを振り回す大也を、教師たちは遠巻きにしていた。

こんちくしょー、こんちくしょー、こんちくしょー。なんでおればっかりなんだよ。なんでこんな目に遭わなくちゃならねえんだよ。なんでだよ、なんでなんだよ！

身体中を駆け巡る激情を自分でもどうしたらいいかわからなかった。そのときだった。モップがぐっと押さえつけられた。かっとして振り向くと、教師の一人が片手でモップの柄をつかんでいた。振り払おうとしたがびくともしなかった。

「そのくらいにしとけよ」

まだ若い教師は軽々と大也の手からモップをもぎ取った。すとん、と力が抜けた。自分の手を見下ろすと、小刻みに震えていた。

教師たちの間でどういう取り決めがあったのか、大也は知らない。だが、学年が終わるまでの数ヶ月間、大也はもとのクラスに戻らず、一人で授業を受けるようになった。また暴れ出して他の生徒を傷つけるかもしれないという危惧だったのか、ほかになにか理由があったのか。どちらにせよ、あのクラスに戻らなくて済むのは嬉しかった。

二階の隅にある使われていない理科準備室が大也の教室になった。手すきの教師が代わる代わる来て監視と授業を請け負っていたが、メインで大也の相手をしてくれたのは、大也を取り押さえた戸田《とだ》という非常勤の体育教師だった。

体よく問題児を押し付けられた戸田だったが、職員室を離れられるのは彼にとってもいい息抜きだったようだ。大也に問題集を解かせながら、自分は机の上に足を投げ出して、のんびり昼寝をしたり、スマートフォンで動画を見たりしていた。

「何見てんの」

「サーフィン大会の映像。くーっ、ここでロデオフリップ決めんのかよー。さすが脇坂。たまんねえな」

戸田の手元を覗き込むと、派手な水しぶきをあげながら自在に動くサーファーの姿が映っていた。驚くほど碧く透明な海に目が吸い寄せられる。

「こんなん楽しいのかよ。ただ板に乗ってちゃぷちゃぷしてるだけだろ」

町にいくつもある浜には、夏になるとサーファーたちが押し寄せてくる。近くにサーフショップがあることも知っていた。けれど、当時の大也はまったく興味がなかった。むしろ、自分たちの浜に我が物顔でやってくる彼らを疎ましく思っていた。

「おまえ、なんて暴言吐くんだよ。この技を見てみろ、日本トップの、いや世界でも五本の指に入る選手だぞ。すげーだろ」

戸田はムキになって大也に映像を見せつけてくる。

「たいしたことねーし」

「ふざけんなって。ちょっと待て、これならどうだ。ほら、これ」

そんなことを繰り返しているうちに、大也はサーフィンに魅せられていった。小生意気な口をききながらも映像に夢中になる大也に、戸田はサーフィンに関する知識を教えてくれた。

戸田は大也にとって生まれて初めてできた「友だち」だった。陰口を叩くクラスメイトや、取っ替え引っ替えされる母の恋人とは違う。猫なで声で話しかけてきたり、乱暴にあしらったり、殴ったりもしない。勉強を教えてくれるといっても、他の教師が見たら眉をひそめるような適当具合だ。だからこそ、大也は戸田といる時間が楽しかった。

今になって思い返してみれば、戸田自身はそこまで大也を可愛がっていたわけではなかった。授業の合間の、つかの間の休息と思っていただけだろう。非常勤という立場上、大也の成績や素行に責任を負う必要もないから気楽だったはずだ。

それでも時々、

「もうちょっと暖かくなったら、サーフィンを教えてやれるんだけどな」

そんな嬉しいセリフを言ってくれた。

「おれはべつに今だって構わないぜ」

「いま十二月だぞ。どんだけ水が冷たいと思ってんだよ」

「だって、冬でも海に入ってるやついるじゃん」

夏ほど多くはないが、雪がちらつく季節でもサーファーの姿を見かける。

「あれは立派なウエットスーツを着てるから。ああいうのはお高いの。だからおれは冬は波乗りやらないんだよ」

「高い？」

「そう。春夏用のウエットは吊るしで売ってるのをそのまま使ってもなんとかなるけど、冬用はちゃんとオーダーメイドで作らないと。自分の体型と合ってないと海水が入ってきちゃうからさ。軽く十万はするぜ」

その頃にはサーフボードの値段もわかっていた。たとえ中古品でも大也には到底手の届かない金額だった。リカが食費として時々くれる金から百円、二百円と貯金箱に入れていたが、目標金額までは気が遠くなるほどの道のりだった。

「早くバイトできる年齢にならないかな」

ぼやくと戸田はスマホから顔を上げた。

「お、誰かに買ってもらおうとか思わないところが偉いな」

「リカになんか買ってくれって言っても無駄だし」

けどさー、と大也はため息をついた。

「おれを雇ってくれるとこなんてないだろうな。絶対泥棒だって思われるもん」

この狭い八重浜町には大也とリカの素行は知れ渡っている。もう万引きはしていないとはいえ、いまだに大也が行くと露骨に嫌な顔をする店もあった。

「それはそうだろうね」

あっさりと戸田は頷いた。親しくなるうちに、大也は自分の過去を話していた。戸田はそれ以上に詳しい話を他の教師から知らされていただろう。

「だって実際に万引きしてたんだろ」

「犯罪だって知らなかったんだ」

「それは栗原が気の毒だけどさ。でも、泥棒ってのは一生言われるよ」

「ガキの頃の話でも？」

「そりゃそうさ。この町の人たちにしてみれば、栗原家は泥棒なんだもの」

冷たい言い方に大也は唇を噛んだ。

「じゃあ勉強とか頑張ったって無駄じゃん。一生、泥棒って言われるんだったら」

「まあね。この町から引っ越せばいいかもしれないけど、そういう噂ってのはどこ行ったって付いて回るしな。そうじゃなければ」

戸田は意味ありげに口をつぐんだ。

「なんだよ？」

「文句を言われないくらい立派な人になるしかない」

戸田はいつになく真剣な顔で大也を見ていた。

「どういう意味だよ」

「何を言われてもじっと我慢する。そうして自分は変わったんだと態度で示す。勉強したり、人の嫌がる作業を率先してやったり。それでも絶対に過去にやった事実は消えない。必ず蒸し返して騒ぎ立てる人が出てくる。そこで手を出してしまったらおしまい。また振り出しに戻る。いや、もっと悪くなる。我慢して、我慢し続けてそれでようやく人並みになれる。そういうもんだよ、罪っていうのは」

寒い日だった。白く曇った窓を手で拭えば、灰色の重たい雲が垂れ込めているのが見えた。帰る頃には雪になるかもしれないと思ったのを覚えている。

戸田が子どもの頃に他人に大怪我をさせたという話を聞いたのは、それからまもなくだった。ふざけて振り回していたカッターナイフが近くにいた子の目に突き刺さり、失明させたのだという。誰かが仕入れてきた噂が学校中に流れた。隔離されている大也のもとにも届くほどの勢いで。本当なのかよ、とおそるおそる訊いた大也に、戸田は薄い笑みを浮かべて何も答えなかった。

年度替わりを待たずに戸田は学校を辞めた。そういうことなんだな、と大也は身にしみて思った。

4

夏祭りの準備を終わらせて、一緒に帰りたそうにしている三上を無視し、大也は翔とともにガーデンへ向かった。

　後ろを歩いていた翔が「あれ」と声をあげた。

「大也、やばいよ。ハーフパンツのお尻んとこ、穴が開いちゃってる」

　体を捻っても見えなかったが、指で触ると中央部がかなり大きく裂けているのがわかった。これでは中のトランクスが丸見えだろう。

「公子さんに言えば縫ってもらえるかもしれないけど」翔が検分しながら言った。「なにかに引っかかって破れたんじゃなくて、布が薄くなって裂けてるから難しいんじゃないかな」

　翔は言い淀んだが、続けた。

「新しいの、買わないとダメかも」

「だな」

　大也は生返事をした。翔もそれ以上は何も言わない。大也の家の経済状況をよく知っているのだ。

　金の話になると、翔はいつも申し訳なさそうな顔をする。新しい服を買ってもらった時や、中学の入学祝いに海でも使える防水の立派な腕時計を買ってもらった時、翔は自分からはけっして口にしなかった。その配慮がありがたく、ときに腹立たしい。

「見てよ。ずいぶん波が上がってる」

　浜を望む曲がり角に差し掛かると、翔が声をあげた。

午前中のほぼフラットな海面と比べると、うねりがひっきりなしに入っているのがわかった。砂浜近くには波が割れた後のスープと呼ばれる白波が押し寄せていて、真っ白になっている。

数日前に発生した台風が沖合をゆっくり北上しているという予報だった。多少サイズが上がるだろうとは予測していたが、短時間でここまで変化するのは珍しい。

「あんたたち入るつもり?」

ガーデンの駐車場で自分のボードを洗っていた香夏子が、二人に気づいて声をかけた。

「サイズがどんどん上がってるし、流れもきついからあんたたちには厳しいよ。やめときな」

サーファーたちが果敢に大波にチャレンジしているが、あえなく波に巻かれてしまっている。一度砂浜のほうまで流されてしまうと、再び沖に戻るのは難しそうだ。白波のあちこちで沖に出ようともがいているサーファーが何人もいる。

「やめとく?」

沖に出るのにあそこまで苦戦しているところを見ると、かなり厳しいコンディションかもしれない。だが不安そうな翔の顔を見ていると、笑ってやりたくなった。

「翔はやめとけばいいじゃん。おれは行くけど」

大也は物干しにかけていたウエットスーツを手にした。手早く着替え、ボードにワックスを塗りこむ。しばらく波と大也を見ていた翔は、しぶしぶという様子で着替え始めた。

「べつに無理しなくていいって。びびってんだろ」

「びびってないよ」

翔はむっとした声で言う。この友人は穏やかに見えてかなりの負けず嫌いだ。

「そうかー？」

大也はからかうように笑いながら背を向けた。

「ちょっと大也、無理しちゃダメだよ！」

香夏子の声を無視して波打ち際に走り込む。

海に足を踏み入れてすぐ、想像以上に手強いとわかった。波が崩れたあとの白波でもかなりの威力がある。足を取られそうになり、踏ん張った。ここで無様に転ぶわけにはいかない。水深が腿のあたりになるまで歩いて進むと、ボードに腹ばいになりパドリングを始める。波が押し寄せてくると、ボードとともに波の下をくぐり抜けるドルフィンスルーという技を使うが、波の威力が強いとそれでも波に巻き込まれてしまう。さんざん苦労して沖に出るまでにずいぶん時間がかかってしまった。

「うわ、かなりやばいね」

息を切らして追いついてきた翔が、引きつった顔をしている。自分も同じような顔をしているだろう。うねりがくると、体がぐんと持ち上げられ、また沈む。その高低差でどれだけ波のサイズが大きいかがわかる。

「香夏子さんが無理するなって言ってた」

翔が心細そうな顔で呟く。

「ぼく、戻るよ」

翔の美点は、負けず嫌いだけれども自分の力量をきちんと見定められるところだ。岸に向かって戻り始める翔を見送りながら、大也は沖からのうねりに目を向けた。

波乗りでは、ぜったいに翔に負けたくない。

翔が怖がる波に自分は立ち向かってゆくし、翔より一分でも長く海に入っていたい。子どもじみた対抗心なのはわかっているが、その気持ちはサーフィンを始めた時から大也の中にある。

翔はなんでも持っている。

物分かりのいい家族。貧乏とは無縁の暮らし。クラスメイトたちからの信頼。けれど、自分には何もない。せめて、波乗りだけは負けたくない。

ひときわ大きなうねりが近づいてきた。湧き上がる恐怖心を押し殺し、パドリングを始めた。ボードが滑り出す。立ち上がろうとボードに手をついたとき、波の下がえぐれているのを見てしまった。

やばいと思った瞬間、バランスが崩れた。そのままボードと一緒に崩れる波の真下に押し込まれた。ものすごい圧力がかかる。水面に出ようともがくが、波の力に押さえつけられて浮き上がれない。どこまでも深みに連れて行かれそうだった。このままじゃ息が続かなくなると思った時、ボードの浮力に助けられてなんとか水面に顔が出た。激しく咳き込み、浅い呼吸を繰り返したのもつかの間、押し寄せていた次の波に巻かれてしまう。何度か繰り返し、息も絶え絶えになったとき、ようやく足が地面についた。

「大也、大丈夫？」

翔と香夏子が駆け寄ってくる。恐怖で震える手を握りしめ、大也は笑ってみせた。

「くそー、惜しかったな。あのサイズに乗れたら最高だったのに」

翔はほっとしたように笑顔になった。

「見ててヒヤヒヤしたよ。ボードごとぽーんって弾き飛ばされるんだもん。何度も波に巻かれて浮き上がってこないかと思った」

「無理しちゃダメって言ったでしょう！」

香夏子が怒鳴った。

「でもさ、惜しかったよな。乗りこなせてたら脇坂選手みたいだったろ？」

強がる大也に、香夏子は呆れたように天を仰いだ。

ガーデンに戻ると神楽舞から解放された美波と、先日来ていた真千子が待っていた。

「大也、あんた無謀」

「るせーよ。悔しかったらあのサイズに乗ってみろ」

呆れ顔の美波に毒づく。

「いや、チャレンジャーだ。あんな大きな波に乗ろうとするなんて、きみ、意外とやるな。このまま頑張ればオリンピックの代表に選ばれちゃったりするんじゃない？」

真千子だけが感嘆してくれた。

「おばさん、見る目あるね。ってか、今度は何しにきたのさ」

「ちょっと大也、このあいだのお礼言いなよ」

美波が顔をしかめるが、真千子は快活に笑った。

「映像ができたから見せようと思ってさ。おいでよ」

外の水道でボードをさっと洗い、ホースで頭から水をかぶる。破けたハーフパンツを穿く気にはなれなかったので、ウエットスーツの上半身を脱いだ格好でガーデンの店内に入る。翔は着替えようとしていたが、気を遣ったのか同じ格好のままついてきた。

真千子がタブレット端末を操作すると、爽やかな音楽とともに映像が流れ始めた。最初に映ったのは波節神社の境内だ。以前から撮りためていたのか、梅、桜、ハナモモにツツジ、夏の新緑に秋のススキと真っ赤に色づいたモミジ、雪をかぶった灯籠と四季が目まぐるしく映し出される。展望台から望む碧く透き通った海と、点在する小島の白い砂浜。町唯一の文化施設である音楽ホールはドローンを使って撮影されていて、特徴である螺旋形がきれいに映されている。

画面が切り替わり、次に映し出されたのはガーデンの外観だった。色の剝げた赤い屋根と、茶色のウッドデッキ。いまいるこの場所なのに、なんだか幻のように儚い。こんなに小さかったっけ。

そう思った時、自分の顔のアップが映った。ぎょっとして思わず身を引いてしまう。

日焼けした大也と、美波。美波がいい波をつかまえて、切るように波に乗ってゆく。そのかっこよさ。それを見送り、大也もまた波をとらえようとして無様に失敗する。戻ってきた美波が笑い、自分はくそったれと言ったのではなかったか。なのにタブレットに映し出された自分の顔は、照れくさそうな笑顔だった。

こんな自分の顔を見たことがなかった。悪態をついていたはずなのに、こんなに笑っていたのか。面映ゆくて大也は自分から目をそらした。

「なかなかいい映像に仕上がったと思わない？」

得意そうな真千子の声が聞こえて顔を上げた。いつのまにか映像は終わっていた。

「きみたちには感謝だよー。なんていうの？　初恋未満のきゅんきゅんする感じが滲み出てて、最高。いい絵が撮れて感謝だわー」

「うぜーよ。なにが初恋だよ」

「顔は映さないって約束じゃなかったんですか？」

吐き捨てる大也と困ったような美波に、真千子は悪びれもせず笑った。

「大丈夫、大丈夫。どうせ八重浜町のプロモーションビデオなんか誰も見ないからさ」

「おめーなー」

大也がさらに言い募ろうとしたとき、翔が一言も口をきいていないと気がついた。

「どうした、翔？」

翔は夢から覚めたように顔を上げ、困惑気味に首を傾げた。

「こんなのいつ撮ったの？」

そういえば言っていなかったと思い出す。

「終業式の日に頼まれてさ。香夏子から聞いてなかったのかよ」

気恥ずかしさを隠すためにわざとなんでもないように言うと、翔はちょっと寂しげな表情をした。

「知らなかった」

その顔を見て、恥ずかしさとか自慢とかがぜんぶ吹き飛んだ。

「なんだよ、香夏子、言ってなかったのか。翔が来なかったから、おれらが駆り出されたんだ。三上んちのバーベキューの日だよ」

ああ、と翔が納得の色を浮かべる。

「おめーがドタキャンしたんだぜ。ってか見たかよ、あの波。最高だろ？」

翔の顔に笑みが戻った。

「あれは二人が自慢したがる気持ちもわかる。あの波は最高だ」

いつもの調子を取り戻した翔にほっとしながら、大也は翔の肩甲骨の浮いた背中を軽く小突いた。

「嘘じゃなかっただろ？　今回の台風が過ぎればあのくらいになるんじゃないか？　今度こそ一緒に波乗りしようぜ」

ふざけ合いながら大也は思う。翔には負けたくない。とくに波乗りでは絶対に負けたくくない。

けれども、勝ちたくはないのだ。勝ってしまえば、あるいは負けてしまえば、今までみたいに一緒にいられなくなってしまう。

そんな気がしていた。

5

ガーデンからの帰り道、翔と別れてから美波と二人でアパートまで歩く。ふと空を見上げるとずいぶん暗くなっていると気がついた。赤い夕焼けは空の端のほうにかすかに残るだけで、頭上は濃い紺色に変わっている。黒い影のようなコウモリが飛び交い、道路脇の草むらからは虫の声が聞こえてくる。

あんなに長いと思った夏休みも、あと一週間たらずで終わってしまう。

「くそっ」

吐き捨てると、前を歩いていた美波が振り返った。「なに？」

「おめーに言ったんじゃねえよ。夏休みが終わっちまうじゃねーか」

「宿題、やってないの？」

「そうだけど、そうじゃねーよ。夏が終わるんだぜ。焦るじゃないか」

ふん、と美波が鼻を鳴らした。

「今頃気づくとかって遅すぎ。八月に入るともう空の色が変わるじゃん。その頃からわたしは焦ってましたー。言っとくけど、宿題が終わってないわけじゃないからね」

八月に入ったばかりなんて、まだ夏休みの序の口だ。そんなに前から美波は夏の終わりを予感していたのか。

「いつまで」

美波が呟くのが聞こえたが、聞こえないふりをする。言葉にしてしまうと、焦りや不安が本当になってしまいそうで怖かった。

アパートが見えてくる。二階の奥側にある美波の部屋の窓は暗かった。代わりに、珍しく大也の部屋に明かりが灯っている。

「おまえんとこ出かけてんのか」

「弟の誕生日なんだ。どこかにご飯食べに行ってるんじゃないかな」

なんで一緒に行かないんだよ、とは口にできなかった。その前に美波が焦ったように続けたからだ。

「わたしも誘われたんだけどね、ガーデンから帰ってくると六時すぎちゃうし、それだとお店が混むからさ」

そっか、と大也はもっともらしく相槌を打った。

「仕方ないな、波乗りのほうが大事だ」

美波はほっとしたような表情を浮かべた。

アパートの階段で別れ、自分の部屋に入る。途端、

「大也、遅かったじゃーん。待ちくたびれたよー」

気持ち悪いくらい上機嫌のリカが出迎えた。

「聞いてよぉ、パチンコで五万勝っちゃったんだ。ほら、見て」

リカはお札を広げ、うちわのようにあおいでみせる。

「買い物行こうぜ。イオンなら八時までやってるしさ、なんでも好きなもの買ってやるから」

「マジで？」

大也の胸が高鳴った。欲しいものならいっぱいある。破けてしまったハーフパンツ、底の磨り減ったビーチサンダル、襟が伸びきったTシャツ。

「マジも、マジ。そのあとなんか旨いもんでも食いに行くべ。おめーの好きなもん、奢ってやる。寿司？　焼肉？」

「焼肉！」

「よーし、いい肉、がっつり食らおうぜ。さっさと支度しな」

戸締りをして家を出る。

「うわ、チャリ、埃だらけだ。大也、おめー漕げよ。駅まで全速力だかんな」

美波の部屋の明かりが目に入った。カーテンにちらりと人影が映る。はしゃぐリカの声は大きく、もしかしたら聞こえているかもしれない。少し申し訳ない気持ちになったが、

リカを後ろに乗せて自転車を漕ぎ、汗だくになって電車に飛び乗る頃には忘れていた。

閉店間際のイオンで、ハーフパンツとビーチサンダルを買ってもらった。どちらもシーズンオフのため値引きされていたものだが、そんなことはどうでもいい。新品だというだけで嬉しかった。リカは百円ショップでおもちゃみたいな化粧品を山ほど買い込んだ。

こんなに機嫌がいいリカは久しぶりだった。大也と並んで歩き、変なポップや珍しいものを見つけては指差して大笑いする。中学生にもなって親と一緒に買い物している、しかもその母親は子どものようにはしゃいでいる。気恥ずかしい気持ちもあるが、それ以上に嬉しかった。

閉店の音楽が鳴り始めると、リカはスマートフォンをチェックした。

「近くにすっげー旨い焼肉屋があるって聞いたんだよな。なんて名前だっけ」

ぶつぶつ言いながら誰かにメッセージを送っている。送信してまもなく、スマホが着信音を鳴らした。

「悪いんだけど、このあいだ言ってた焼肉屋の場所教えて」

甘い声を聞いて、電話の相手は付き合っている男だと推察する。

「ああ、そうなんだ。うん、わかった。いいよー」

短いやり取りの後、リカは電話を終えた。

「店の場所、わかったの？」

「焼肉はやめた」

「なんでだよ、おれ焼肉の腹になってんのに」

と言うと、リカは顔をしかめた。

「るせーよ。がたがた文句言ってんじゃねえ。誰の金だと思ってんだよ」

しまった。せっかく機嫌よかったのに。

リカは大也を無視してずんずんと歩き、駅近くの居酒屋の暖簾をくぐった。慌てて後を追いかける。混み合っている店内で、鼠色の作業服の男が手を上げた。座っているのでわかりにくいが、ずいぶんと大柄な男のようだ。

「なんだ、ガキも一緒か」

すでにビールのジョッキを手にしていた男が吐き捨てた。

「しょうがないでしょ、一緒にいたんだもん。大也、挨拶しろよ」

しぶしぶ頭を下げたが、男はついと視線をそらした。

男とリカは次々と料理を注文し始めた。大也にはメニューも見せてくれない。やがて、酒のつまみになるようなものばかりがずらりとテーブルに並んだ。申し訳程度にフライドポテトとオレンジジュースが大也の前に置かれる。

二人とも大也の存在など気に留めずにタバコを吸い、二人にしかわからない会話をし、ジョッキを重ねてゆく。

大也の前のフライドポテトはあっという間に空になり、オレンジジュースは氷が溶けてほとんど水になっている。空腹はまったく満たされなかった。店員が別のテーブルに運んでゆくオムライスやお好み焼きが羨ましかった。一度、男の前に置かれた焼き鳥を取ろうとして、男に無言で手を叩かれた。

なんでだよ、と悔しくなる。焼肉をたらふく食べるはずじゃなかったのかよ。

いつのまにかリカは男のとなりに移動していた。男にしなだれかかり、男もまんざらではない顔で肩を抱いた手でリカの二の腕や胸元に触れている。

大也は皿に残ったケチャップを見つめた。赤いケチャップは油と混じって奇妙な模様を描いている。人の顔にも見えるし、血痕のようにも見える。盛り上がった部分は波に見えなくもない。

そうだ、このまえ乗ったあの波。きれいにレギュラー方向に割れていたのに、うまく乗りこなせなかった。同じような波を翔と美波はインサイドまでメイクしてゆくのを見て悔しかったんだ。美波は大胆なカットバックが得意だ。派手な水しぶきを立てて、どんな小波でも技をきめる。翔は身軽だ。どこまでも軽やかに波の上を滑ってゆく。自分の持ち味はなんだろう。ただ大きい波にがむしゃらに突っ込んでゆくだけが取り柄のような気がする。それじゃダメなんだろうな。

そんなことをつらつらと思っていたが、リカの甲高い怒鳴り声に我に返った。

あれほどベタベタしていたのにどうしてそうなったのか、リカと男が口論していた。リカが汚い言葉で罵り、男は苛立たしげに言い返す。次第に男が激昂してゆくのがわかった。リカは怯えた表情だが強気で言い返す。切れ切れの会話から、男のスマホに誰か他の女とのメッセージのやりとりが残っていたのが発端らしいとわかった。あほらしいと思った途端、つい口が滑った。

「騒いでんじゃねえよ。みっともねーだろ。やるんなら外に行けよ」

聞くや否や、男は酒に赤らんだ顔で大也を睨みつけた。

「なんだと、このガキ」

男はテーブルに足をかけ、身を乗り出した。大也は体をのけぞらせて男の手を避けようとしたが間に合わなかった。男は大也の胸ぐらをつかんで軽々と引き寄せる。酒臭い息に吐き気がした。次の瞬間、手加減なしで頬を殴りつけられた。椅子ごと吹っ飛び、他のテーブルを巻き添えにして床に転がった。食器が割れる音と悲鳴が店内に響き渡る。

店員が何人も駆け寄ってきて、大騒ぎになった。

警察沙汰にならなかったのは、リカが躾だと言い張ったからだ。こいつが生意気言ったのが悪いんだよ、この人は悪くないよ、うるせーよ、弁償すりゃいいんだろ。リカが騒ぎ立てるあいだ、男は黙って突っ立っているだけだった。

店の外に追い出されると、リカは必死に男の機嫌を取り始めた。合間に大也を罵る。おめーが悪いんだよ、とっとと帰れ、ふざけんな、おめーのせいで余計な金使っただろ。ねえ、ほら飲み直そうよ。それともホテル行く？　ねえ、ごめんなさい、嫌な気持ちにさせちゃって。お願い、別れるとか言わないで。ね、許して。

惨めにすがりつくリカから目をそらした。ふてくされた子どものようだった男が何かを呟いた。リカはぱっと笑顔になり頷く。

「うん、そうしよう」

弾んだ声で言い、大也を振り返った。

「先帰ってろ」

「金ねーよ、電車代よこせよ」

リカは舌打ちすると、千円札を大也の手のひらに叩きつけた。それから男の腕に絡みつき、振り返らなかった。

「勝手にやれよ、ばーか」

後ろ姿に小声で罵った。

殴られた頬がずきずきしている。居酒屋の店員がそっと渡してくれたビニール袋に入った氷はすっかり溶けてしまった。ぐずぐずのビニール袋を道端に叩きつけ、足で思い切り踏みつける。水が飛び散り、足を濡らした。

さっき買ってもらった量販店の包みがかさついた音を立てた。あんなに楽しかった時間が嘘のようだ。くそったれ、と呪詛が漏れる。

なんでこうなんだろう、いつまでこうしていなくちゃいけないのだろう。みぞおちが苦しくなってきて、大也は息を吸った。

6

言われてみれば、空の色が変わった。暑いことは暑いのだが、風にほんの少し涼しさが混じっている。あんなにうるさかったセミの鳴き声もだいぶ下火になった。

沖合を北上中の台風は、予報よりもかなり勢力を増しているらしい。海上は大しけで、漁業関係者への注意喚起がなされている。

香夏子からは「しばらくはクローズね」と釘を刺されている。クローズというのは、サーフィンできないほど海が荒れていることを指している。それでも天気自体は夏祭りまで持ちそうだった。

「新しいの買ってもらったんだ、いいな」

新品のハーフパンツに最初に気づいたのは美波だった。

「ごじゅっぱーオフだけどな」

「上等じゃん。わたし、しばらく服買ってもらってないや」

花飾りを一本一本、電信柱に結びつけながらぽつぽつと話す。

祭りを明日に控えて、朝から最終の準備に駆り出されていた。翔や三上たちは倉庫から神輿を運んでくる手伝いに向かっていた。帽子を目深にかぶった大也の顔をちらっと見た英一から、花飾りを商店街に飾り付ける役目を言い渡された。気を遣ってくれたらしいが、惨めだった。力仕事ではないため女性ばかりなのだ。色々と詮索されて面倒なのはこっちのほうだ。

美波は大也の顔を見るなり、「ちゃんと冷やさなかったでしょ、バカだね」と言い放ったが、他の人たちと顔を合わせなくて済むように計らってくれた。

シャッター通りとなっている町の中心部だったが、いくつかの軒先では出店の用意が始められている。婦人会の重鎮たちの指示で飾り付けを終えると、寂れた町並みはなかなか華やいだ色合いに染まった。

集会場に戻ると、神輿班がすでに到着していた。だが、様子がおかしい。英一や町内会長など祭りの実行委員の大人たちが集まり、なにやら揉めているふうに見える。大也たちのクラス担任の姿もあった。点呼に来たにしては様子が変だ。彼らから少し離れた場所に翔と三上の姿が見えたので、美波と一緒に駆け寄った。

「なんかあったのか？」

うーん、と翔は困り顔で唸った。代わりに三上が半笑いで言った。

「お祭りの準備金がなくなったんだってさ。五万円。栗原、おまえなんか知ってんじゃねーのか？」

金額に内心どきりとする。昨日リカが持っていたのもきっかり五万円だった。

「知らねえよ」

答える声がかすかに震える。いや違う、リカじゃない。リカが悪さをしたときはすぐにわかる。第一、リカは英一が金を持っていることなど知るはずがない。

「父さんが目を離した隙に、封筒からお金が抜き取られてたんだ。大也はいま戻ってきたところだろ。だから違うよ」

「でも親父さん言ってたろ。封筒は持ち歩いてたけど、中身はしばらく確認してなかったって。いつなくなったかは正直わかんないって。祭りの打ち上げ用の金だろ？　それまでは使われないって知ってたんじゃないの？　そういや栗原、鳴海に訊いてたよな。差し入れの金どうしてんのかって」

三上が大也をねめつける。大也は三上を睨み返しながら思い返す。

祭りの準備に来るとき、英一が小さなポーチを携帯していることには気づいていた。百円ショップで買ったようなビニール製の半透明のポーチで、筆記用具や電卓、メモ帳などを入れて持ち歩いていた。そこに封筒が入っていた気がする。小学五年の時、あの女子が持っていたような薄茶色の封筒。自分はそれに金が入っているとわかっていたのではないか？　そうだ、わかっていた。何かの折に、英一が封筒からお金を出すのを見た。万札を目にして、欲しいと思ったんじゃないのか？　いや、違う。盗んでなんかいない。否定するも、自分の行動に自信がなくなってゆく。

「あれ？」三上がにやりと唇を歪めた。嫌な笑い方だった。「なにそれ。なんで新しい服なんか着てんの？」

三上の甲高い声に、集まっていた大人たちが興味を惹かれたようにこちらに視線を向けた。

「買ってもらったんだ」

「へーえ？　給食費もろくに払ってない貧乏人が服なんか買えんのかよ。ついこのあいだまでボロボロの服着てたのに、金が盗まれた日に新品の服着てんだ？」

「リカ……母親がパチンコで勝ったからって」

「そんな偶然、誰が信じるかよ」

「ちょっと君たち、なに揉めてるの？」

教師が近づいてくる。

「センセー、栗原が怪しくないですかー？　こいつ、急に羽振りが良くなってますよー」

三上はわざとらしい大声で訴えた。

「憶測で人を疑っちゃいけないわよ」

教師は困惑した顔で大也と三上を見比べている。

この教師に自分がどう見えているか、よくわかっている。小学校での問題行動の数々は、隣接する中学校に事細かに引き継がれているはずだ。町の噂だって耳に入っているだろう。母親はろくでなしのあばずれで、三者面談なんか平気ですっぽかす。反抗的に口をへの字に曲げてうつむいている自分は、誰がどう見ても犯人にしか見えないだろう。

「紛失したというのはわたしの勘違いかもしれません。もう一度、心当たりを捜してみます」

英一が教師に声をかけた。教師はほっとしたように「お願いします」と応じる。大也たちに向き合うと、諄々と説いた。

「あなたたちも騒ぎ立てないでちょうだい。それと、もし何か知っているのならあとで先生にこっそり話して。ね？　出来心っていうのは誰にでもあるものだから」

教師の目はまっすぐに大也を見ていた。その眼差しが突き刺さった。憶測で人を疑ってはいけない、と言った同じ口で教師は大也を疑っている。

気がつけば、その場にいた人たちは全員同じ目をしていた。町内会長、婦人会の面々、二年の先輩たち。そして、英一。誰もかれもが容疑者を見るような眼差しで大也を見ている。

「先生、なんでそんなこと言うんですか」

憤る翔を宥めようと思った。かつて泥棒をしていたのは本当のことだ。疑われても仕方がない経歴を持っているのは自分だから、しょうがないんだ。そう言って終わらせてしまおうと思った。だけど、できなかった。

大也は彼らに背を向けた。

逃げては駄目だとわかっている。逃げたら肯定したことになる。でも堪えきれなかった。

「大也！」

美波が叫んだのが聞こえた気がする。けれど、振り返らなかった。

どれだけがむしゃらに走っても、逃げ込める場所はガーデンくらいしかなかった。

クローズというだけあって海は荒れていた。昨日よりも大きな波があちこちで割れ、激しい勢いで白波が押し寄せている。風も強く、潮の流れもきつそうだ。サーファーの姿はもちろん、海水浴客の姿もなかった。

ガーデンはまだオープンしていなかったが、駐車場に香夏子の軽トラが停めてあった。店内を覗こうとしたとき、裏手のほうから話し声が聞こえてきた。香夏子と真千子の声だ。あいつ、また来てるのか、と思った時、不穏な内容が耳に入った。

「裏口の鍵が壊されたんだ。バールかなんかでこじ開けたのかな」

「香夏子ってば、なにのんびりしてんの？　さっさと警察呼びなよ」

胃がきゅっと縮まった。

「でもさ」

「でもさ、じゃないよ。裏口こじ開けられてボード盗まれたんでしょ。警察に通報しないと」

どうしてなのだろう。二人から見つからないようにしゃがんでしまうのは。

「もしかして」真千子が声をひそめた。「犯人に心当たりでもあるの？」

香夏子の返答は聞こえない。代わりに納得したような真千子の声が続く。

「やっぱりねー。盗まれたの、あの子が欲しいって言ってたボードなんでしょ。なるほどね」

違うって、と遮る香夏子の声にいつもの元気はない。

「あの子、ずいぶんな問題児なんだって？　噂聞いてるよ。プロモの納品のときに、町の広報課の人から忠告されたもん。母親もそうとう問題ある人なんでしょ。道理でね。プロモの依頼した時にすぐ報酬を聞いてきたでしょ。お金に執着してる証拠だよ。あのボード、売ってお金に換える気なんじゃないの」

おめーに何がわかるっていうんだ、と怒鳴りたかった。けれど、足がすくんで動けなかった。

なんで香夏子は黙っているんだ？　なにをためらってるんだ？　そんな女の言うことを真に受けて、おれを疑ってんのか。

――結局、そうなんだ。

過去はなかったことにはならない。

あの人はそう言っていたじゃないか。罪は消えない。どれだけ謝っても、どれだけ悔いても。

おれはこのさき一生、同じ思いを味わい続ける。

心の中にひどく冷たいものが満ちてゆくのを感じた。

ウッドデッキの陰から立ち上がると、香夏子が息を吸う気配がした。

「大也、あんたいたの？」

口元を押さえている真千子を一瞥し、大也は自分のサーフボードを取り出した。

「ちょっと、何する気?」

慌てる香夏子を無視し、海へと走り出す。砂浜でTシャツを脱ぎ捨て、ハーフパンツのまま海に入ってゆく。

「やめなさい。クローズだって言ってるでしょ! 危ないから戻ってきなさい」

香夏子の叫び声に背を向ける。

おれは一生このまんまだ。

——だったら、もういいや。

7

海は荒れに荒れていた。

押し寄せる波は、パドリングする大也を簡単にのみ込んでしまう。それでも大也は手を止めなかった。何度波にのまれても、何度海の中に引きずり込まれてもがむしゃらに腕を動かし続ける。

どのくらい時間が経っただろう。波の威力が弱まった気がした。振り返るとずいぶんと岸が遠くなっていた。割れる波をくぐり抜けて沖に出たのだ。

迫り来るうねりは、二階建ての家より高いかもしれない。うねりは大也の体をサーフボードごと持ち上げ、大也を置き去りに大きさと威力を保ったまま数メートル先で割れていた。割れた波の飛沫が風に煽られて飛んでくる。頬に当たると痛いほどの威力だ。

波の力が一番強いのは、割れた波の真下だ。さっきまで何度ものみ込まれ、もみくちゃにされていた。そこにいればいずれ息が続かなくなって溺れるだろう。なのに、気がつけば自分は波の割れない場所に来ていた。どうにでもなれと思っていたはずなのに、無意識のうちに少しでも安全な場所に行こうとしていたのだ。

じゃあ、残る方法はひとつだ。体を反転させ、割れる波とともに砕け散ってしまえばいい。

テイクオフの構えを取る。だが、すんでのところで恐怖心が勝った。腰が引け、体が波に置いていかれる。

「くそっ」

腹の奥に震えがあり、前に進まない。もうちょっとだけ波の先端に行けば、もうほんの少しサーフボードを滑らせれば。二階建ての高さから叩きつけられるはずなのに。

「なんで怖がってんだよ！」

さっき心を満たした冷たいものが、熱を持って頬に流れた。拳で力任せに顔をこする。

なんで泣いてんだよ、おれ。なんで尻込みなんかしてんだよ。

「だいやぁ」「大也ぁ」

風に乗って翔と美波の声が聞こえた気がした。浜に来ているのだろうか。あいつらまで祭りの準備をサボったら、あとで三上に何を言われるかわかったもんじゃないだろ。そう思いながら砂浜に目を凝らす。だが、香夏子たちの他に数人の大人らしい姿が見えるだけだった。

そして、気がついた。

ふたつの人影が白波にもまれながら、こちらに近づいてくることに。

「大也ぁ」「だい……」

翔の必死の叫び声が、美波の悲鳴に似た声が、雷のような波音を縫って届く。美波の声が途中で途切れたのは、大きな波にのみ込まれたからだ。細い体とボードが白波に消えてゆく。翔も心配そうに振り返るが、彼も前に進むだけで精一杯だった。美波はなかなか浮き上がってこない。じりじりしながら見守っていると、ようやく水面に顔が出た。そのまま果敢にパドリングを再開する。

「右に迂回しろ！」

気がつけば叫んでいた。

「真正面は無理だ。右側にカレント（潮の流れ）があるから！」

声は届かないようだが、身振りで指し示すと二人とも手を上げて応えた。

「なにやってんだよ！」

ようやく表情が判別できるくらいまで二人が近づくと、大也は怒鳴った。

「危険だって見りゃわかるだろ、バカじゃねーのか！」

「バカはどっちよ！」

大也の数倍の迫力で美波が怒鳴り返す。

「こんな日に海に出るなんて自殺行為なのわかってるよね。この大馬鹿もの！」

威勢のいい言葉を吐き出しているはずの唇が小刻みに震えている。

「大也」

子どものような声で翔が言った。血の気を失った顔は真っ白だ。

「大也は泥棒じゃないってぼくらは知ってるよ。大也を信じてる。大丈夫、ぼくらが大也を守るから。ぜったいに犯人なんかにしないから」

青ざめた唇から真摯な言葉が紡ぎ出される。半泣きの美波が深く頷く。

「ね、一緒に帰ろう」

八重浜町では誰もが自分を泥棒と言う。それが当たり前だった。

――だけど。

再び熱いものが頬を伝った。喉からひきつれるような嗚咽が漏れる。泣くもんか。泣いたりするもんか。痛いくらい強く拳で目を拭いながら頷いた。

「帰る」

嗚咽を懸命にのみ込んで、あたりを見回した。

「……でも、どうやって？」

この荒れた海をどうやって岸まで戻ればいいのか。数メートル先で割れている波を見れば、これまで以上に恐怖心が満ちてくる。

「波に乗るしかない」

青い顔しているくせに、美波がきっぱりと宣言した。

「下手に岸に向かってパドリングで戻ろうとしたら危険だよ。とにかく一本、波をつかまえてインサイドまで運んでもらう。それが一番危なくない」

大也は翔と顔を見合わせた。

「ぼくたちで乗れる？」

翔の言葉に美波は力強く頷いた。

「一年前とは違う。二人とも基本はきちんとできてる。だから大丈夫。バランスが崩れるから怖がらないで。波の力が強いから、いつもより踏ん張らないと弾き飛ばされるからね。崩れる波に追いつかれそうになったら、ボードに腹ばいになって波の上を滑ってく。かなり勢いがつくけど、ボードと一体になって余計な力を入れちゃダメ」

美波が注意点を挙げてゆく。冷静に指示する美波だって、このサイズの波は初めてのはずだ。こうなったら覚悟を決めるしかない。

「時間が経てば経つほど状況は悪くなる。すぐに行かないと。さ、誰が先陣を切る？」

どこか挑発的に美波が言うと、翔が手を上げた。

「ぼくが最初に行く」

まもなく一つのうねりが近づいてきた。

「この波！」

美波が声をかける。翔はパドリングを始めた。さっき大也が尻込みしたのと同じくらいのサイズの波だ。翔が歯を食いしばる顔が目に浮かぶ。うねりが割れ、翔の姿は見えなくなった。ここからでは無事に乗れたかどうか見えない。

「次は大也ね」

崩れてゆく波を心配そうに見ていた美波が、大也を振り返った。

「おれは最後に行く」

「なんでよ、まだバカなこと考えてんの？」

怒鳴る美波に首を振る。

「ちげーよ。この荒れた海ん中に、おまえひとり残して行けねーだろ。おれのせいでこんなことになったんだ。大丈夫だ、おまえが行ったのを見届けたらすぐに行く」

美波は青い顔で頷き返した。

「絶対だからね。約束してよ。すぐに来るんだよ」

くどいほどに念押しして、美波はテイクオフした。美波の姿が見えなくなったのを確認して、大也は沖に目を凝らす。

一年前まで、友だちなんていなかった。

そんな自分を不幸だと思っていた。自分に泥棒の烙印を押した母を憎み、色眼鏡でしか自分を見ない周りを憎んだ。

けれど。

自分のために体を張って迎えに来てくれた人たちがいる。きみを守る、と手を差し伸べてくれた。

信じてくれる人がいる。それだけで、この先の人生どれだけ罵られても耐えていける気がした。

ひときわ大きなうねりが迫ってくる。

大也は大きく息を吸うと、パドリングを始めた。

8

窃盗犯が逮捕されたのは、祭りの日の午後だった。

盗んだビンテージボードをリサイクルショップに持ち込んだところで、足がついた。犯人は隣の市に住む二十代の男性で、祭りのボランティアで来ていた人だったそうだ。祭りで町が浮き立っているのを見て魔が差したという。

「うちの神輿の清掃にも来てたんだって。そのとき、父さんがポーチを持ち歩いているのを見てたみたい」

五万円は手つかずのままジーンズのポケットから見つかったそうだ。並木商店で盗みをはたらいたのも彼だった。遊ぶ金が欲しかったわけでも、生活に困っているわけでもなく、単に盗んでみたかっただけという言い訳を聞いて呆れた。くだらない出来心がこのさきどれだけの枷となるか、二十歳過ぎてもわからないなんてアホだ。

英一は「申し訳ない」と大也に頭を下げた。

「おじさんがなんで謝るんだよ」

「ぼくの管理が甘かったせいでお金を盗まれたんだ。それで大也くんに嫌な思いをさせてしまった。正直に言うよ、ぼくはほんの少しきみを疑ってしまった。きみがどんな子なのか知っているはずなのに、周りの意見に流されてしまったんだ」

英一のように真正面から謝ってくれる人はほとんどいない。犯人が捕まったことを知らないはずはないのに、三上も教師も何も言わなかった。

「いい波立ってんのになぁ。なんでおれたちここにいるんだよ」

半分近く手つかずの問題集を前にして、大也は大袈裟にため息をついた。ガーデンのウッドデッキのテーブルで三人は夏休みの宿題に取り組んでいた。

永遠のように長いと思っていた夏休みは、残すところあと三日となっていた。本当だったら残された時間をめいっぱい波乗りして過ごしていたはずだが、三人は香夏子から謹慎処分を食らっていた。

大荒れの海に出たあの日、なんとか無事に岸までたどり着いた三人を出迎えたのは、烈火のごとく怒った香夏子だった。

勇気と無茶は違う、自分の力量に合わない波に挑むのはサーフィンへの冒瀆だと怒鳴られ、そして泣かれた。二度とこんな危険な真似はしないと約束させられ、罰として残る夏休みはサーフィン禁止を言い渡された。

「あの波、超いいじゃん。くそー、おれだったらもっとかっこよく乗れるぞ」

「大也、うるさい。集中できないから黙って」

美波は一番苦手だという読書感想文を前にうんうん唸っている。

「ほらー大也。ちゃんと問題読んでよ。もう知らないよ」

とっくに宿題は終わったという翔が大也の指南役を買ってくれていたが、目の前の海を見ていると気が散って仕方がなかった。

「あんたたち進んでる？」

ガーデンの店内から香夏子が顔を覗かせた。手にはソーダ味のアイスの袋を三つ持っている。

「差し入れだって」

「うお、ありがてー」

さっそく冷たい氷菓に齧りつく。

「差し入れって誰から？」

「真千子。お詫びのつもりみたいよ。夏休みの残りの期間、三時に差し入れしてやってくれってお金預かったの。最終日にはピザもつくよ」

大也はソーダアイスを見つめた。そうか、お詫びか。アイスは太陽に照らされてすぐに溶け出す。水色の小さな雫が零れ落ちそうになって、慌てて舐めとった。

「それともう一つ差し入れがあるんだけど、それは夏休みの宿題が終わってからにしてって言われてるのよね」

「もったいぶるなよ、なんだよ」

ふふん、と香夏子は笑った。

「あの日のあんたたちの映像。真千子、あの状況でカメラ回してたんだってさ。プロっちゃプロだね」

三人は身を乗り出した。無我夢中だったあのとき、どんなふうに大波を制したのか誰も覚えていなかったのだ。

「見たかったらさっさと宿題終わらせなさい」

「あ、ぼくもう終わってる」

翔が手を上げる。

「わたしも。あとちょっと。あと一枚半。すぐに終わる」

「待てよ！　頼むから待てって。抜け駆けすんな」

香夏子は腕組みをして厳かに言った。

「だったら、ちゃんと宿題を終わらせなさい」


アパートに帰ると、薄暗い部屋の中でリカが膝を抱えて座っていた。折りたたみのテーブルの上には、ビールやチューハイの缶が並んでいる。

「なにやってんだよ。あーあ、こんなに飲んで」

明かりを点けると、涙に濡れたリカの顔が目に入った。ああ、と納得する。また男と別れたのか。あんな男とは別れて正解だと思うが、リカはそうではないらしい。

「なんでフラれるんだよ。いつもあいつの機嫌取って言う通りにしてたのに。どうしてあたしばっかり不幸になるんだよ」

ティッシュの箱をリカに押しやり、空き缶を台所に持ってゆく。水で軽くすすぐとアルコールの嫌な臭いが鼻をつく。大人はなんでこれを美味しいと思って飲むのだろう？

水道水をコップに満たし、リカの前に持ってゆく。リカは子どものように泣きじゃくっている。

「リカは自分を安売りしすぎなんだ」

その様子を見ながら大也は口を開いた。

「くだらない男と別れられてよかったと思えよ」

リカが泣き腫らした顔を上げた。化粧が落ちて目の周りが黒くなっている。

「なんでおまえにそんなこと言われなくちゃならねえんだ。おまえがいるから、あたしは何にもできないんだ。おまえのせいで人生が狂ったんだ」

大也は息を吸った。

「リカは自分の都合が悪くなるとすぐおまえのせいだって言うけど、生まれてきたのはおれのせいじゃない。そりゃ、若くして子どもできちゃって苦労したのはわかるけど、そのあとをどうやって生きてきたかはリカの責任だ。わかってんだろ、本当は」

そう、大也も同じだ。

自分に起こるすべての悪いことをリカのせいにしてきた。確かにリカに歪められた部分はある。もっとまともな親だったら、違う人生を歩めたかもしれない。だけど、そうやって嘆いているだけじゃ駄目なのだ。

戸田は言っていた。

（文句を言われないくらい立派な人になるしかない）

立派がなんなのか、大也にはよくわからない。だけど、ひとつだけわかった。

翔と美波に恥ずかしくない生き方をする。誰かを責めるんじゃない。誰かに誇れるように胸を張ろう。

ひぃっく、と大きなしゃっくりがリカの喉から漏れる。その泣き顔は嫌になるくらい自分とそっくりだった。

真千子が撮ったあの日の映像に、泣いている自分の顔が映っていた。癇癪を起こした、情けないガキンチョの自分。

けれど、美波を先に行かせ、大波を制しようと前を向いた時の己の顔は、少しだけ誇りに思ってもいいかもしれない。あのとき二人が信じて手を差し伸べてくれたから、自分はほんのちょっぴり大人になれた。

だとすれば。リカに手を差し伸べられるのは、きっとおれだけだ。

「あのさあ、リカ。まずはちゃんと自分の足で立てよ。誰かに寄りかかろうとするから、都合よく使い捨てにされるんだ。リカはよく見れば可愛いんだからさ、アホな男に引っかかってんのもったいないって。口悪いの直して、自分で頑張るって決めなよ。そうすりゃいい男が見つかるよ」

「ほんとに？」

涙目ですがるようにこちらを見てくるリカに、大也は笑いかけた。

「多分」

「多分かよ！」

リカがつっこみ、そして笑い出した。

「なんだっけ、これ。昔、カルタでやったよな。大也、好きだったじゃん。なんかの付録でもらったことわざカルタ。ほら、老いては子に従えだっけ？」

「リカ、もう老人か？　違うよ、おんぶしてる絵だったろ」

「川を渡るんだったよな。おんぶした子がなんちゃらって。あれ？　カッパが溺れるんだっけ」

「ちげーし」

笑い合いながら思う。

このさき、まだまだこの母親に苦労させられるのだろう。自分も何度も悔しい思いをするだろう。

けれど、大丈夫。きっと、大丈夫。初めてそう思えた。

開け放した窓からひんやりした風が吹き込んで、汗ばんだ髪を揺らす。窓の外からはうるさいくらいに虫の鳴き声が聞こえてきた。

そうして、秋がやってくる。

第三章　美波

1

「一年のうちで一番好きな季節はいつ？」

萌香《もえか》ちゃんが口にすると、くだらない質問でもとびきりの内緒話のように聞こえる、と美波は感心する。

案の定、放課後の教室に集まった数人の女子は、「春！」「わたし、五月が好き」「断然、夏だよー」と小鳥が囀《さえず》るように口々に主張する。誰がどの季節を好きか知ったところで何になるんだろうな、とぼんやりと思っていると、

「ね、河崎さんはいつ？　サーフィンしてるからやっぱ夏が好き？」

と訊ねられた。

「え、と」

周りの子たちも美波を注目する。クラスの中で誰よりも華がある萌香の威力は凄《すさ》まじい。

小学生の頃から女子の輪の中に入れず、常に孤立していた美波をも引き込んでしまう。

「秋の終わり、かな」

美波が答えると女子たちは、「えー、ありえない」「これから冬が来るって思うと気が滅入らない？」と一斉に否定した。

美波だって日に日に暖かさを増してゆく春は気持ちが浮き立つし、真夏は肌を焦がす勢いの太陽が愛おしくてたまらない。けれど、どの季節もいつか終わってしまうと思うと、心の底から楽しめないのだ。

周りがあまりにも「変わってるー」と連呼するのが疎ましくて、つい、

「別にわたしがどの季節を好きでも誰にも迷惑かけないし」

と呟いてしまった。

彼女たちが揃って鼻白んだ表情になる。

「わたしも今頃の季節って嫌いじゃないよ。ハロウィンとかクリスマスとかわくわくするし」

凍り付いてしまった空気を、萌香の柔らかい声が溶かしてゆく。

「えー、そりゃわたしだってクリスマス好きだよ」「お気に入りのコート着れるのもいい

よね」「雪もちょっとだったら綺麗だし」

ころりと萌香に同調するクラスメイトたちから視線をそらし、美波は窓の外に目を向けた。

教室の窓から望む海は暗い灰色に沈んでいる。一番好きな季節だと主張した割に、陰鬱な空模様に否応なしに気分は沈む。朝から降り続く冷たい雨のせいで窓ガラスは曇り、まるで水槽の中に閉じ込められているかのようだ。

二者面談の順番待ちだった。一人十五分ほどの持ち時間で、進路や成績について教師と個別に面談を行う。それ自体も苦手だったが、女の子同士でただおしゃべりをするというシチュエーションが美波は何よりも苦手だった。これまでだったら笑いさざめく女子の輪から離れて、ひとり教室の隅で時間を潰していただろう。だが、今年は違う。「河崎さんもこっちにおいでよ」という萌香の誘いのおかげで女子の輪の中に入っている。

三峰《みつみね》萌香とは今年初めて同じクラスになった。常に輪の中心にいる萌香には、自分のような存在は見えていないんだろうと思っていたが、人懐こい性格なのか頻繁に話しかけてくる。萌香が美波を構うのを、他の女子たちがあまり快く思っていないということは肌感覚でわかる。だが、話しかけてくれるのを無下にする権利など美波にはなかった。

「ねえねえ、河崎さんはどうなの？」

萌香の親友を吹聴している鈴音《すずね》が、身を乗り出して訊いてきた。

「どう、って？」

いつのまにか話題が変わっていた。上の空だった美波を責めるように鈴音が繰り返す。

「だーかーら、翔くんと栗原、どっちと付き合ってんの？」

「どっちとも付き合ってないよ。そういうんじゃないから」

何かを期待するような目で見つめられると逃げ出したくなる。こういう話題が一番苦手だった。

「仲良いじゃないの。一緒にサーフィンしてるんでしょ？」

「波乗りしてるだけ。翔のおばさんがやってるサーフショップに昔からお世話になってるから」

知らず口調がきつくなってしまったらしい。鈴音たちは怯んだように押し黙った。ああ、またやってしまった。

「ガーデンでしょ。前に行ったけど、水着とかアクセサリーとか可愛いの売ってるよね」

萌香がのんびりと口を挟んだ。

「鈴音ちゃんも気になるなら行ってみればいいのに。翔くんに行きたいって言えば案内してくれるんじゃない？　お近づきになるチャンスじゃん」

萌香のにこやかな笑顔に救われる。と同時に、ただの雑談ですらまともにできない自分の不甲斐なさが恥ずかしい。

「萌ちゃんったら何でバラすのー。萌ちゃんだって翔くんと付き合いたいって言ってたじゃないの」

顔を赤らめて鈴音が唇を尖らせる。

「そりゃそうだよ。こんな田舎町に都会からやってきたイケメン転校生だなんて、まんまドラマかマンガの世界じゃん？　勉強できるし、優しいし、サーフィンも上手ってなったら気にならないほうが嘘でしょ。みんなは違うの？」

萌香は事もなげに言う。

「そうだけどさー」

照れたような同意が全員から上がるのを聞きながら、美波は羨望のこもった息をついた。こんなふうに人当たりのいい女子になれたらいいのに。

美波の欠点は、こういう何気ない会話を適当にかわせないところだ。軽口に真正面から返答してしまい空気を壊してしまう。ぶっきらぼうな口調もいけない。そんなつもりはないのに怒っているように聞こえてしまう。「おまえは可愛げがないんだよ」といつも父に叱られるのに、どうしても直らない。

「――で、結局のところ河崎さんは二人とは付き合ってないんだよね」

萌香をぼんやりと見ていると再び話を振られた。ぎくしゃくと頷くと、鈴音は「だったら協力してよ」と言い出した。

「わたしたちも仲良くなりたいから、河崎さんが翔くんと話すときに声かけてよ。それくらい別にいいでしょ」

せがまれて美波は言葉に詰まってしまう。

「なんだ、けっきょく独り占めしたいんじゃないの」

鈴音が睨む。居たたまれない気持ちでいると、教室のドアが開き出席番号が一つ前の女子が顔を覗かせた。

「つぎ、河崎さんの番だって」

呼ばれて心底ほっとする。

逃げるように教室を出て、面談室に向かった。今頃、悪口を言われているかもしれない。ああいうとき、適当に「いいよ」と言ってしまえば丸く収まるのだろうか。安請け合いをしてしまったら翔に迷惑がかかると思うのは考えすぎなのだろうか。どう返答するのが最適解なのか、ちっともわからない。

「河崎も進学希望だな」

面談室に入ると、前置きもそこそこに教師が口を開いた。

「中一の三者面談のときに、親御さんが仙台の高校に通う予定だと言っていたが変更ないか？」

いいえ、と呟いた声は教師には届かなかったようだ。去年、母が教師の前で口にしたプランは美波も初耳の話だった。家に帰ってから母とケンカになり、絶対に嫌だと言い張った。以来、棚上げになっているはずなのに、教師は決定事項のように話を進める。

「仙台の祖父母のところに下宿するんだって？　そこから近いのは北高だったよな。いまの成績じゃもう少し頑張らないと厳しいぞ。河崎は塾には通っていないんだよな。二年のうちに冬季講習くらい通っておいたほうがいいぞ。親御さんに相談してみろ」

はあ、と曖昧に頷く。

「それとな、進路希望調査の『将来の夢・なりたい職業』の欄、空白で出しただろ。こういうのはちゃんと埋めないと駄目なんだ。河崎はなにかやりたい仕事や夢はないのか?」

いえ、べつに、と口の中で呟くと、教師は大げさにうなだれた。

「おまえな、それだから駄目なんだよ。きちんと考えろ、河崎の人生なんだから。次回の面談までに考えとけよ。何か質問あるか? じゃあ次、木村を呼んできてくれ。おまえはもう帰っていいから」

一方的にまくしたてられ、半ば追い出されるようにして面談は終わった。

薄暗い廊下を歩きながら思う。

叶えたい夢も、就きたい職業も何もない。自分の未来なんてあまりにも不確かすぎて思い浮かべることすらできない。けれど、絶対になりたくないものだけはわかる。

わたしは、お母さんみたいにだけはなりたくない。

2

アパートに帰ると聖也《せいや》がはしゃいでいた。

「晩ご飯、お外に食べに行くんだ。焼き鳥だって」

リュック型の通学カバンを下ろすか下ろさないかのうちに、勢いつけて背中に飛び乗ってくる。不意打ちの重みによろけるが、懸命に堪えた。聖也を背中に乗せたまま転んだりしたら、どんなに叱られるかわかったものではない。

「やめて。痛いってば」

文句を言うが、興奮している聖也は聞く耳を持たない。余計にはしゃいで、美波の背中で身を弾ませる。小学二年生の弟は、自分が同じ年だった頃と比べるとひどく幼い気がする。甘えん坊でわがままで、何をしても許されると思っている。

「降りてってば！」

半ば怒鳴りながら背中の聖也を下ろす。テレビの前にあぐらをかいてスマートフォンをいじっていた父が、ちらりと目を上げて美波を見た。

「なんだよ、ケチ」

聖也は唇を尖らせ、足蹴りをしてくる。手加減なしの蹴りはスネにあたって悶絶するくらい痛いが、文句を言えば父が怒鳴りだすだろう。唇を噛んで堪えた。

「あら、帰ってたの？」

洗面台で化粧をしていた母が美波に気づいた。まとわりついてくる聖也をあしらいながら、母はおざなりに訊いた。

「あんた行く？」

中学生になってから、外食や家族で出かける時に「行かない」という選択肢が与えられるようになった。それまでは必ず一緒に行かなくてはならなかったし、断ろうものならこっぴどく叱られるのが常だった。それが中学に入ると「親と出歩くのは気恥ずかしい年頃だろうから行かなくてもいい」と言われた。本音のところは、聖也が一人前を食べるようになったからだと推察している。

「宿題があるからやめとく」

「あっそ。じゃあ、明日のお米研いどいて。四合ね」

母はあっさり引き下がる。父がおもむろに立ち上がった。黙ったまま車の鍵を手に、外へ出てゆく。母は慌てたようにバッグをつかみ、聖也を振り返った。

「行くよ。急いで」

「待って、ゲーム持ってく」

三人を乗せた車の音が遠ざかってゆくのを確認して、美波はほっと息をついた。

一応、毎回行くかどうかを問われるが、最初から美波は頭数に入っていない。美波とて父の顔色を窺いながら過ごすよりは、一人でいたほうがずっと気楽だ。それなのに、こうやってひとり家に残されると、どうして泣きたい気持ちになってしまうのだろう。

忘れてしまわないうちに米を研ぎ、炊飯ジャーをセットした。明日の朝、ご飯が炊けていないと叱られるので、何度もタイマーの時間を確認する。そのあとで、自分の晩ご飯は何があるか冷蔵庫を覗いてみたが、豆腐とひき肉しかなかった。冷凍のご飯もパンもないし、買い置きのインスタントラーメンすらない。こういうとき、せめて何か食べるものを用意しておいて欲しいが、外食に行かないのはおまえの都合だと一蹴されるのがわかっている。億劫だが仕方がない、パンでも買いに行こうと立ち上がった。

家を出ようとしたとき、スマートフォンが着信音を鳴らした。祖母からだ。出たくなかったが、両親を説得して美波にスマホを買い与えてくれ、月々の使用料を払ってくれているのは祖父母だった。出ないわけにはいかない。

「もしもし、美波？　いま大丈夫？　由希子《ゆきこ》たちは？」

「うん。お母さんたちは出かけてる」

答えると、しばらく沈黙のあとに問われた。

「あなた、一人で家にいるの？　可哀想に、また置いていかれたの？」

いたわるような口調に、ほんの少し胸が痛む。けれど、できるだけ平気に聞こえるように口にした。

「置いていかれたんじゃないよ。誘われたんだけど、宿題があるから家に残ったの。心配しないで」

けれど祖母は憐れむように言う。

「明日は土曜日じゃない。宿題なんて土日でいくらでもできるのに。あなた、一緒に出かけたためしなんかないじゃないのよ。まったく由希子も大介《だいすけ》さんも聖也ばっかり可愛がって」

「おばあちゃん、やめて」

黙っていられない性質の祖母は、また母に電話して文句を言うに違いない。そうしたら、母は美波が告げ口をしたと叱りつける。その繰り返しを嫌というほど味わってきた。

「わたしが行かないって言ったの。お父さんもお母さんも、わたしの気持ちを尊重してくれたんだってば」

しつこいくらいに念押しすると、ようやく祖母は口を閉じた。そばで聞き耳を立てているだろう祖父にたしなめられたのかもしれない。

「なんか用事じゃなかったの？」

「そうそう、リフォームの件よ。あなたの部屋の壁紙、何色がいいかなって思って」

今度こそため息が出た。

「わたし、そっちで暮らすって決まったわけじゃないし」

「そうは言うけど、今日みたいに一人残されているあんたを見てると不憫でしょうがないのよ」

「だから、それは違うって言ってるでしょ」

堂々巡りを繰り返し、疲れ果てて電話を切った。祖父母が美波を気遣ってくれるのは嬉しい。嬉しいけど、鬱陶しい。そう思ったらバチが当たるだろうか。

母が実父と離婚したのは美波が七歳の時だった。すぐに今の父親と再婚し、聖也が生まれた。それから七年。父と母、聖也は家族だ。けれど美波は除け者だ。祖父母は美波のそんな状態を察し、何かと手を差し伸べてくれるけれど、余計ないざこざを生み出してしまう。

　ときどき想像してみる。

　実の父と一緒に暮らしていたら、どうだっただろうか。

　だいぶおぼろげな記憶になっているが、実父と過ごした日々は楽しかったという思い出しかない。

　実父はサーフィンが好きすぎてまともな職に就けなかった。高校中退後、アルバイトで生計を立てようとしていたが、いい波が立つと仕事をすっぽかしサーフィンに行ってしまう。それが原因で何度もクビになったそうだ。

　見兼ねた友人たちがカンパしてくれた金と、早くに亡くなった両親の貯金を使ってサーフショップ〈ガーデン〉をオープンしたはいいが、実父には経営する気などまるでなかった。日がな一日、波乗りをして気ままに暮らしていたという。それでもなんとか店が成り立っていたのは、助けてくれる人たちがいたからだ。

「それがいけなかったんだよね」と何かの折に香夏子がこぼしていたのを耳にしたことがある。「みんな、あいつが危なっかしくて放っておけなかったんだ。だから、責任を負うってことを学ばないまま大人になっちゃったんだよ、航太《こうた》は」

　無責任な人生を歩んでいた実父と、仙台で会社員をしていた真面目一辺倒な母がどうやって出会ったのか美波は知らない。だが二人は結婚し、美波が生まれた。

　家族ができても実父は相変わらずサーフィン三昧の生活を送っていた。食べるものにも着るものにも執着せず、必要最低限の収入すら稼げない。それなのに何十万もするサーフボードを相談もなしに買ってしまう。借金を重ねてもなんとかなると気楽な実父に、母は耐えられなかった。

離婚したあと、実父は自由になったと言わんばかりに、ガーデンを香夏子に任せてふらりと町を出て行った。以来、音信不通だ。

実父と自分は気が合うと思っていた。怒りっぽくて、細かいところにうるさい母といるより、実父といたほうがずっと楽しかった。サーフィンという共通の趣味もあった。だから、いつかお父さんは迎えに来てくれる、そう信じていた。

だが、いくら待っても実父が八重浜町に帰ってくることはなかった。自分は捨てられたのだ、と美波が理解するまでに、ずいぶん時間がかかった。

3

「あれー、美波、どこ行くの？」

アパートの自転車置き場で、翔と大也が連れ立っているところに出くわした。

「ちょっと買い物。二人は？」

男子の二者面談は来週の予定だ。

「今日は波がないって連絡きたから、翔と宿題やってた」

「大也はゲームしてただけじゃん」

呆れたように翔は笑う。それでも大也の口から宿題という単語が出てきただけですごい進歩だ。これまで宿題なんか気にも留めていなかったのに。

「うちの晩ご飯、餃子なんだ。一緒に食べようって話になって、今から行くとこ。美波も良かったらおいでよ」

胃がきゅうっと鳴った。うん、と頷く。

「ちょっと待ってて。メモ置いてくる」

言い置いて部屋に戻り、冷蔵庫のホワイトボードに出かける旨のメモを残す。たぶん、翔も大也も美波の家の車がないと気がついている。美波だけが家にいる意味もわかっている。わかっていて、祖父母たちのように騒がない。二人には強がる必要も、隠す必要もない。それがすごく楽だった。

「どうして餃子なの？　作るの大変そう」

並んで歩きながら訊ねると、翔は嬉しそうに言う。

「このあいだ、公子さんが右手痛めちゃってさ、包丁持つのが大変だって言うから、みじん切りにする機械を買ったんだ。紐を引っ張るとみじん切りができるやつ。そしたら、あんまりにもみじん切りが簡単で、公子さんもぼくも楽しくなっちゃって。いま、うちでみじん切りの料理が流行ってるんだ」

翔はいつも楽しそうだ。祖母と叔母との暮らしは気を遣うことも多いだろう。我慢していることだってたくさんあるに違いない。けれど、いつだって笑顔で公子と香夏子を気遣っている。きっと、と思う。わたしなんかより、百倍思いやりがあるんだろうな。

「いらっしゃい」

翔の家に行くと、公子が出迎えてくれた。

「こんばんは。お邪魔します」

頭を下げると、公子が「ん？」と目を光らせた。

「なんだ美波、鼻声してんな。風邪引いたんじゃねえべか？」

公子の指摘に、大也と翔が足を止めて振り返る。

「え、そうかな？　元気だよ」

だが、公子は見逃さなかった。

「急に寒くなったからな。あとで生姜湯作ってけっから、飲んどけ」

ありがとう、と口の中で呟く。翔に思いやりがあるのは、優しい人たちに囲まれているからなのかもしれない。

「あれ、公子さん、作っちゃったの？　手、痛いのに無理しないでよ。ぼくやるって言ったじゃん」

見ると、台所の作業テーブルの上には大きなボウルに入った餃子のタネがすでに用意されていた。

「あたしじゃねえ」と公子は顎をしゃくった。

「いらっしゃい」

にこにこ顔で出迎えてくれたのは英一だった。公子のを拝借したのか花柄のエプロン姿だ。

「父さん、来てたの？　こっち来るの、来週じゃなかったっけ」

「出張の予定がキャンセルになっちゃってね。翔の個人面談もあるっていうし、こっち来てたほうがいいかなって思って。はい、お土産。みんなもどうぞ」

東京と八重浜を頻繁に行き来している英一は、東京から来るたびに律儀に土産を買ってくる。すっかり食べ飽きたバナナ味のお菓子だが、それでもやっぱり美味しかった。

「個人面談って言ったって、二者面談だから父さんには関係ないでしょ」

「そうはいかないよ。高校を決めるための面談だよね。いい機会だからいろいろと相談しておこうと思って。受験まであっという間だよ」

英一の言葉に現実を突きつけられた気がした。

翔は、英一が体調を崩したことをきっかけに八重浜町にやってきた。あれから二年半、英一はほぼ快復している。翔はいつ東京に戻ってもおかしくないのだ。

「ほれ、ちゃっちゃど餃子包まねえと、いつまでたっても飯になんねえぞ」

台所に落ちた気まずい沈黙を公子が破ってくれた。

「そうだった。さ、みんな手を洗っておいで。ちゃんと石鹸を使うんだよ」

「え、おれらも作るの？」

大也がぎょっとしたように身を引いた。

「もちろん。餃子は全員参加で包むのが決まりだからね」

英一はにっこり笑って謎のルールを発動させた。

そこからは大騒ぎだった。「皮が破けた」と騒ぐ大也に、「ねえ、キムチと納豆とチーズ入れていい？」と独創性を発揮する翔。公子は「あたしゃ手が痛いからね」と高みの見物を決め込んでいる。美波は黙々と包んだが、どうにも具がはみ出たり、ヒダがうまく作れなくて不恰好だ。

「気にしなくて大丈夫だよ。お腹に入れば一緒だ」

落ち込む美波を英一がフォローしてくれた。

「ただいま。あらー、いい匂い」

第一陣が焼きあがる頃、香夏子が帰ってきた。

「タイミング見計らったな」

大也が当てこすったが、香夏子はいつものように軽やかに笑う。

「閉店ぎりぎりにお客さんが来てさ、ちょっとおしゃべりしてたらこの時間になったんだよ。でも、ロングボード一本売れたからラッキー。英一さん、来てたんだ。ビール買ってきたんだよ。飲も、飲も」

ジーンズにサーフブランドのロゴが入ったパーカー姿の香夏子は、美波の母親と同じ年齢にはとても見えない。太陽と潮に晒されて色が抜けた髪の毛は潔いショートカットで、化粧っ気はなく、顔にはそばかすが散っている。目尻には細かいシワもあるけれど、快活に笑う姿は年齢を感じさせない。家にいても必ずファンデーションを塗り、髪の手入れも欠かさない母のほうがよっぽど老けて見える。

ずっと昔、一度だけ母にそれを言ってしまった。まだ、実父がいた頃の話だ。他愛のない会話の中で、二人の年齢の話になったとき美波は驚いた。

「お母さんと香夏ちゃんって同じ年なの？　信じられない」

その時の母の激昂は忘れられない。

ちょうど家族三人で夕食を食べていたときだった。ご飯とワカメの味噌汁、鯖の干物に小松菜の煮浸し。メニューまではっきりと覚えている。食卓に並んだそれらを、母はなぎ払った。まだ誰もほとんど手をつけていなかった。日に焼けた畳の上に、ご飯が、味噌汁が飛び散る。それだけでも唖然とするのに、母は手当たり次第に茶碗や皿を父に向かって投げつけた。最初はヘラヘラ笑っていた父も、怒り狂う母に次第に顔色をなくしていった。

二人が離婚したのはそれからまもなくだった。

カリッと焼きあがった餃子は、嚙むと肉汁が溢れてくる。皮は市販のものだし、具も特別ではないのに、ものすごく美味しい。

「うめえ。おれ、こんな旨い餃子食べたの初めて」

「ビールによく合う。じゃんじゃん焼こうよ」

「んだな、なかなか上手くできたんじゃねえべか」

みんなの口から褒め言葉が飛び出る。

第一陣はあっという間になくなった。次の餃子が焼けるのを待つあいだ、香夏子がそう言えば、と口を開いた。

「日本サーフィン連盟の国分《こくぶん》さんから連絡が来たんだ。今度の八重浜町長杯、優勝者には全日本選手権の参加枠が与えられるって」

「全日本って来年三月に宮崎で開催される？」

「そう。そこでいい成績を収めれば特別強化選手に選ばれる。そうしたら国際大会の参加も後押ししてもらえるし、オリンピックも夢じゃないよ。男子はライバルが多いから厳しいけど、女子のクラスだったら狙える。ね、美波」

話を振られて焦った。

「わたし？」

「女子も年々レベルアップしてるけど、美波なら全国でもいいとこいくよ。ジュニアじゃ敵なしじゃないかな。美波のサーフィンセンスは航太譲りだもんね」

その場の全員から注目されていたたまれなくなる。

「美波ちゃんがオリンピック選手になれたらすごいなあ。今度の大会には翔も大也くんも出場するんだよね？　よし、ぼくも見に来よう」

嬉しそうな英一から目をそらして、美波はうつむいた。

「町長杯、出たくないのか？」

帰り道、大也が訊いた。

「いつそんな話、したっけ？」

ごまかそうとしたが、大也は振り返ってきろんと睨んだ。

「香夏子は気づいてないかもしれないけど、おれらにはバレバレだ」

「大会に出るのが嫌だってわけじゃないよ」

前を歩く大也の背中に言い訳する。

八重浜町長杯は、三年に一度開催されるサーフィン大会だ。町が主催だが、実父がいた頃からガーデンも運営に関わっている。美波は小学生になる前から選手としてエントリーしていた。大会でいい成績を残せば実父や香夏子に褒められるのが嬉しくて頑張っていたが、大也の言う通りいまはあまり乗り気ではない。

母は、美波がサーフィンしていることを快く思っていない。ケンカや言い争いを経て、なんとか黙認してもらうところまで漕ぎ着けたが、町長杯でいい成績を取れば母の耳にも入ってしまう。そうすればまた母の不興を買ってしまうだろう。

「おれらは香夏子には頭が上がらないからな。出たくないなんて言えねえよな」

大也がぼそりと呟く。

サーフィンをするにはお金がかかる。ボードは安いものでも五、六万はするし、ウエットスーツは春秋用、真夏用、冬用と季節ごとに必要だ。しかも体型が変われば買い換える必要がある。ほかにもボードと体を繋ぐリーシュコードや滑り止めのワックスなど細かな消耗品もある。

現在、美波と大也と翔がサーフィンするために必要な全ての物を、ガーデンがスポンサーとして賄っている。スポンサーといってもただの名目で、実際は香夏子の自腹だ。

翔はいい。香夏子の身内だから、なんの罪悪感も必要ない。けれど、美波と大也は香夏子の支援がなければサーフィンはできない。いずれ自分たちが金を稼げるようになれば、恩返しできるかもしれないが、そんなのはまだまだ先の話だ。それまではせめて大会でいい成績を収めるくらいしかできない。

「おまえが一番期待されてんのは仕方ないよ。悔しいけど、敵わねえしさ。やっぱ遺伝ってやつ？」

大也の言葉にどきりとする。

「おまえのオヤジさん、すっげーサーフィンうまかったんだろ？　ガーデンに来る客たち、いまだに航太の波乗りはすごかったって言うもんな」

「働きもせずにサーフィンしてただけだよ。それで下手くそだったら目も当てらんないじゃん」

それもそうか、と大也が笑う。

「翔はやっぱり東京の高校に行くのかな」

話題を変えるつもりで口にしたが、それもあまり楽しい話題ではなかった。

「どうだろうな」

大也は空を見上げた。大也を真似て美波も夜空を仰ぐ。たくさんの星が見えた。空気はひんやりと冷たく、薄荷のような香気が混じっている気がする。

――ずっとこのままだったらいいのに。

涙が出そうになるのを堪えたら、くしゃみが飛び出した。

「風邪引いたんじゃないのか。公子さんも鼻声だって言ってたよな」

「違うよ、鼻がむずむずしただけ」

「アホみたいに薄着だからだ」

違いますーと言いかけて、もう一度くしゃみが出た。確かにパーカー一枚では寒かったかもしれない。家を出るときに何か上着をと思ったが、二人を待たせたくなくてそのまま出てきたのがいけなかった。

「風邪を引いて大会ドタキャンってのが一番かっこ悪いからな。バーカ」

「バカって言うな」

文句を言ったとき、ばさりとジャケットが投げつけられた。大也が羽織っていたものだ。

「あんたが寒いじゃない」

「いいから着とけ」

しばらく押し問答したが、受け取ってくれないので、仕方なく借りる。思ったよりも大きくて、暖かかった。ジャケットからは美波の家のとは違う洗剤の匂いがした。

「餃子、旨かったなー」

「そうだね、ものすごくお腹いっぱい」

結局、百個以上の餃子をみんなであらかた平らげた。翔が作ったキムチ納豆チーズ入りもなかなか好評で、次は闇餃子をやろうと盛り上がった。みんな満腹で、笑顔で楽しい時間だった。

「おれ、餃子なんか包んだことなかったからな。あんなふうに、餃子は全員で包むのが決まりだーなんていうの新鮮だった」

大也がぽつりと言った。美波も同感だった。

「リカだ」

アパートの敷地の手前で大也が言った。セダンタイプの乗用車から降りたリカが、運転席の誰かと話をしていた。

「新しいカレシだよ」独り言のように大也が言った。「珍しくまともなヤツなんだ」

「大也、おかえり。お、美波も久しぶり」

リカがこちらに気づき、手を振った。カレシもドアを開けて降りてきた。

「こんばんは。藤野《ふじの》といいます」

笑顔で挨拶されて、どぎまぎしてしまう。

リカのカレシは何人も見かけてきたが、たしかにこれまでとはタイプが違うようだった。

背が高いが横幅もあるので、着ぐるみのクマのような人だ。かっこいいとはお世辞にも言えないが、にっこり笑う様子はとても感じが良かった。何より優しそうだ。

「このあいだはご馳走様でした」

大也がぺこりと頭を下げた。その仕草に目を疑った。大也はこんなにしっかりとした挨拶ができる子だっただろうか。

「いやいや」藤野は照れたように頭を掻いた。「こちらこそ付き合ってくれてありがとうね。楽しかったよ、また行こうね。それじゃ、おやすみなさい」

そう言うと帰って行った。リカも上機嫌になにやら口ずさみながらアパートに向かう。

車が走り去った方向を見つめながら、大也が言った。

「リカ、たぶんあいつと結婚する」

「そうなんだ。良かったじゃない」

リカのカレシは本当にいろんな人がいた。ゴミを見るような目で大也を見ていた人も、平気で手を上げる人も、大也をいじめて喜んでいた人も。そういう人たちと比べたらはるかにまともそうだ。

だが、大也はうーんと唸った。

「あいつ、リカがパートしてる工場の社員なんだ。遅くとも来年には東京の本社に戻る予定なんだってさ。このまま順調にいけば、そのときにリカが一緒に行くって話になるんじゃないかな」

他人事のように言う大也の顔を見た。そうしたら、大也はどうなるの？　とは訊けなかった。

「いいヤツなんだよな」

頼りない街灯の明かりの下で見る大也の横顔は、ひどく大人びて見えた。

4

朝、教室に入るといつもと空気が違っていた。

窓際に集まっていた女子たちが、美波に気がつくとぴたりと話をやめた。黒板に落書きをしていた数名の男子がにやにやと笑いながらこちらを見ている。嫌な予感がした。微妙な空気感に気づかないふりをして席に着く。何があったかわからないけれど、気にしないのが一番いい。こういうことには慣れている。

押し殺したくすくす笑い、ちらちらと投げかけられる視線。ひそひそ声。大丈夫。慣れている。無視していれば、いつか消える。

「うーっす」

予鈴の五分前に大也と翔が登校してきた。男子の一人が声をあげる。

「栗原、おまえ、河崎と付き合ってんだってな」

理解する間もなく、どっと笑いが起きる。

「なんだよ、三上。なにガセネタ流してんだ」

珍しく狼狽した大也が声を荒らげたが、笑い声は大きくなるばかりだ。三上はふんぞりかえって教室を見渡した。

「なに動揺しちゃってんの。ガセじゃないぜ。証拠写真あるし？　あれ、おまえらが撮ったんだろ」

やだーという甲高いはしゃぎ声が響く。窓際にたむろしている女子たちからだ。萌香も輪の中にいる。

「見てみろよ」

三上はわざわざ美波の席に近づき、スマートフォンをちらつかせた。大也にではなく自分に見せるのはどうしてなのだろう。大也に見せたら殴られると警戒しているのかもしれない。

見たくなかった。けれど、目ははっきりと画像をとらえてしまう。

スマートフォンの小さな画面に、美波の顔が映っていた。となりには大也の顔。どきん、と鼓動が速くなった。

美波の顔をした女性を、大也の顔をした男性が後ろから抱きかかえている。いつ撮られたのかわからないけれど、たしかに自分たちの顔だ。

けれど、体は違う。違うはずだ。二人ともほとんど裸みたいな下着姿をしている。可愛らしい下着ではないところが妙にリアルだった。美波の顔をした女性の、未成熟な乳房を、大也の顔をした男性が弄んでいる。

違う、と首を横に振った。こんな格好で、こんな体勢で大也と触れ合った覚えなどない。けれど、顔が自分だとまるで現実にあったことのように思えてしまう。

三上のゲラゲラ笑う声で我に返った。

「立派な証拠だろ」

教室の入り口では、大也が別のクラスメイトのスマホを奪い取って写真を見ている。顔が青くなっているのが美波のところからもわかった。となりで翔も小さな画面を覗き込んでいる。

いやだ、と反射的に思った。見て欲しくない。翔にも大也にも。

咄嗟に目の前に差し出されていたスマートフォンを払い落とした。小さな機械は机に落ち、バウンドして床に転がった。

「何するんだよ。壊れたらどうすんだ！」

三上が怒鳴る。だが、負けじと睨みつけた。三上はたじろぎ、

「なんだ、なに怒ってんだよ」

甲高い声を張り上げた。

「グループラインで回ってきたんだ。おまえらが自撮りしたんだろ。貧乏人の栗原はスマホ持ってないけど、河崎は持ってるだろ。おまえら同じアパートに住んでるし、親がユルいからやりたい放題なんだろ」

「てめえ、なに言ってんだ！」

大也が怒鳴りつけるが、クラスの空気は三上に味方している。男子たちのいやらしい眼差し、恥ずかしがっているふりをしているが好奇に輝いている女子たちの顔。鳥肌が立つ。

「アプリで加工したんだね」

静かな声が割り込んだ。翔だった。

「誰がやったんだろう。ずいぶんうまくできてるけど、しょせん素人仕事だね。顔と体の角度、合ってないじゃん。こういうのってネットいじめでよくある手法だけど、肖像権や著作権の侵害、名誉毀損で訴えられるって前にテレビで見たよ。損害賠償を請求できるはずだけど、犯人はそういうリスク考えてるのかな」

波が引くように笑い声が静まってゆく。誰かがこそこそと「やべーよ」と囁いている。

「翔くん、詳しいね」

甘い声が教室に響いた。萌香だった。

「そういうのって加害者を特定するの難しいんじゃなかった？」

「うん」

翔はにこやかに頷いた。

「これまで誹謗中傷された人は泣き寝入りするしかなかったけど、制度改正が行われたし、被害者が訴えるケースもずいぶん増えてるよ。ＳＮＳの匿名の捨てアカでも犯人を特定して損害賠償を請求する事例も増えてるし」

萌香は柔らかい口調はそのままに反駁《はんばく》した。

「だけどお金も時間もかかるでしょう。第一、アプリで加工したなんて証拠ないじゃない。本当に河崎さんと栗原くんが自分たちで撮った写真かもしれないし」

くすっと翔が笑う。二人とものどかな世間話をしているような口ぶりだ。

「裏を返せばお金や時間をかければ特定するのは可能だって話だよね。悲しいけど、ネットでの中傷やいじめが原因で命を絶ってしまう人が少なくないから、相談窓口は多くなってる。少し前に比べたら迅速に対応してくれるはずだよ。それに、この写真を撮ったのは大也と美波じゃない。友だちならわかるよ」

萌香はふふふと笑い声を立てた。

「すごいね、翔くん。そんなに二人を庇うんだ」

面白がるような色が萌香の眼差しに浮かぶ。

「もしかして河崎さんが好きなの？」

どきん、と再び胸が音を立てた。

やめて。

お願いだから、そういう話に巻き込まないで。

ガタン、と大きな音がした。自分が立ち上がった拍子に倒れた椅子の音だと、少し遅れて気づく。ゆらりと立ち上がった美波を、翔が驚いたような顔で見ていた。ざわめきが大きくなる。

「萌香ちゃん」

声が震える。ああ、情けない。もっと毅然とした態度が取れたらいいのに。

「そういうの迷惑。やめて」

萌香の顔がぐにゃりと歪んだ気がした。

「ふーん」

半笑いで萌香が言う。

「友情ごっこってやつ？　うざいねー」

冷ややかな声が教室に染み渡った時、始業のチャイムが鳴り響いた。


学校から帰ると父が家にいた。

父には、時折こういう時期がある。休んだのか辞めたのかわからないけれど、二、三日、あるいは数週間単位で仕事には行かず、パチンコに行ったり昼間から酒を飲んだりしている。そういう時はたいてい機嫌が悪く、些細なことで叱られるし、何もしていなくても叱られる。わかっているから、茶の間でテレビを見ている父の背中にそっと、ただいま帰りましたと声をかけ、そのまま自室に入ろうとした。

父は「待て」と振り返った。その顔を見た瞬間、ああダメだ、と思った。酒で赤くなった顔。どろんと濁った目。何本目かわからないけれど、手には五百ミリリットルのチューハイの缶が握られている。

「おまえ、栗原んとこのガキと噂になってんだってな」

誰がこの人の耳に入れたのだ、と憤りを感じる。八重浜町は狭い。嫌になるくらい狭い。噂を耳にした誰かが親切めかして忠告をしたに違いない。

「誰かの嫌がらせです。学校に話して、犯人を捜してもらっています」

言い終わる前に、バン、と缶がテーブルに叩きつけられた。びくりと肩が震えてしまう。

「謝れ！」

父が怒鳴る。

「ガキのくせに男と裸で自撮りとか、どこの売女かってんだ」

吐き気がした。この人はあの画像を見たのか。想像するだけで鳥肌が立つ。

「このクソガキ。くだんない話で俺に恥をかかせやがって。ふざけんな。謝れよ、てめえ」

あまりにも理不尽だが、逆らえばひどい目に遭うのはわかっている。美波は畳に手をついて頭を下げた。

「すみませんでした」

次の瞬間、髪を鷲づかみにされ、擦り切れた畳に顔を押し付けられた。

「謝るってのはただ頭を下げりゃいいってもんじゃねえんだ」

「すみません」

「すみませんじゃねえよ、申し訳ありませんだろ！」

言われるがままに額を畳にこすりつける。父はゆらりと立ち上がった。

「おまえ、なに色気づいてんだ、ああ？」

ああ、まずい、と思った時、玄関が開いた。

「ただいまー」

聖也の無邪気な声が響く。ちっ、と舌打ちして父は座り直した。助かった、と思う。もう一度、申し訳ありませんでしたと平伏すると、「もういい、失せろ」と吐き捨てられた。

逃げるように自室に入る。付け足しのような狭い三畳間。ここだけが安全地帯だ。襖の向こうから、聖也が楽しげに父に話しかけている声が聞こえる。お願いだからそのまま気を引いていて。お願い、わたしの存在を思い出させないで。そう願いながら、暗がりの中で息を潜める。

やがて母が帰宅すると、何やら言い合いがあり、しばらくして父が玄関のドアを叩きつけるように閉めて出て行った。きっと母から金を奪い、行きつけのスナックかパチンコにでも行ったに違いない。美波はほっと息をついた。ようやく制服を着替えられる。

安堵したのも束の間、自室の襖が遠慮なしにぱしんと開けられた。

「いい加減にして！　なんであんたはそうなの？」

開口一番に怒鳴られた。

「男の子と裸でいる画像が流出したって本当なの？」

「違うよ。誰かがアプリで加工して……」

「あんたに隙があるのが悪いんでしょ。恥ずかしいったら。栗原の家と関わるなって言ってるでしょ。ったく、だからサーフィンなんかやめてしまえって言ってるのに」

「サーフィンは関係ないでしょ」

反論するが母は聞く耳を持とうとはしなかった。

「このところ機嫌よかったのに、またお父さん怒っちゃったじゃないの。あんたのせいだからね。前から言おうと思ってたんだけど、なんでいつも男子と一緒にいるの？　パート先でも厭味言われてるんだからね。恥ずかしいったら。そういうところ、あの男そっくりで厭になっちゃう」

ぐっと言葉に詰まる。

「なんでこんな子になっちゃったの？　ほんといい加減にして。こんな恥ずかしい噂が広まったら、聖也にだって悪影響なんだよ。わかってんの？　これ以上、変な噂が立つようなら、すぐにでもおばあちゃんちに行ってもらうからね！」

ヒステリックに怒鳴る母親を、聖也が心配そうな顔で見上げている。

「どうしていつも問題ばっかり起こすのよ。あんたのせいで、わたしがどれだけ苦労してきたと思ってんの？　なんで、わたしばかり苦労しなくちゃならないのよ。なんで、あの人ばっかり責任とらなくて好き勝手やってんのよ」

母親の文句はいつも同じだ。いつのまにか、実父への怒りにすり替わってゆく。

「お母さん、泣かないで」

聖也が母親に寄り添う。顔を覆ってうずくまってしまった母の背中を小さな手でさすりながら、険のある眼差しで美波を睨む。

　聖也にとってみれば、美波は、父の機嫌を損ね、母を泣かすろくでもない姉なのだろう。いつからか、美波に向けられる眼差しが冷ややかになっている気がする。聖也に支えられるようにして母が出てゆく。聖也が襖を閉めたぴしゃんという音が、断絶の音のように聞こえた。

5

　さすがに十一月ともなると水温は低くなる。もちろん気温も下がり、冷たい風が吹く中で波待ちをしていると、歯が鳴ってしまう。

　けれど、美波は冬の海が嫌いではなかった。凍える中で波乗りしていると、頭の芯がクリアになる気がする。

「おーい、美波。なんか鬼気迫る勢いなんだけど」

　無心で波に乗り続けていると。呆れ声の翔に呼び止められた。

「もう三時間も入ってるよ。そろそろ上がろうよ」

　曖昧に返事し、次のうねりに狙いを定めてパドリングを始める。

「いい加減にしろって言ってるだろ」

　リーシュコードをつかんで邪魔をしたのは大也だ。前に進めず、せっかくの波を逃してしまう。

「邪魔しないで」

「いいや、邪魔してやる。翔、おまえはボードを押さえろ」

「りょーかい」

どんなに逃げても二人が追いかけてきて、波に乗ろうとするのをあの手この手で邪魔する。

ひとけのない冬の海で、三人でまるで追いかけっこのようにサーフボードに乗りながらぐるぐると回り、お互いのボードを押さえ、リーシュコードを引っ張り合い、水をかけ合い、やがて笑い出した。

「なにやってんだよ、おれら。クソ寒いのに」

大也がゲラゲラと笑う。

「次の週末は雪が降るかもって言ってたね。大会、吹雪《ふぶ》いちゃうかも」

寒さでほっぺたを赤くした翔が言う。

「おまえ、大会のプレッシャーでヤケになってサーフィンしてんの？　それともクラスのヤツらに怒ってんの？」

急に真顔になった大也に問われ、美波は曇天を仰いだ。

「そんなんじゃないよ」

例の画像を加工した犯人はまだ見つかっていない。学校側も本気で捜す気はないらしく、クラス全体におざなりな注意がされただけだった。

美波の抗議を受けた萌香は、いっさい話しかけてこなくなった。それまで美波を受け入れていたように見えた他の女子たちも、美波を無視するようになった。孤立してしまったがそれはいい。慣れている。

「慣れてるっていうのも問題だけどさー」

翔が困ったように首を傾げた。

「でも、じゃあ、どうしたの？」

うーん、とまた曖昧に首を捻る。すると大也が切り込んだ。

「どうせ親だろ。クソ親父になんか言われたのか」

大也は指をポキポキと鳴らした。

「やっぱそうか。あいつ、また殴ったのか？　いい加減、わからせてやるか？」

「大也、暴力はダメだよ。社会的制裁ができる方法を考えようよ」

翔は穏やかな口調で不穏当な発言をする。

美波は二人を見た。翔と大也、この二人が友だちでいてくれて、本当によかった。今の自分はきっと泣き笑いのような顔になっているだろう。

「次の週末が大会だと思ったら、ちょっと力入っただけ。今日は割と波がよかったし。もう上がる。付き合わせてごめん」

二人とも釈然としない顔をしていたが、美波が岸に向かってパドリングを始めるとついてきた。

「さみーなー」

「上がったらココア飲もう。最近、ココアにはまってるんだよね。マシュマロ入れると美味しいんだ」

「歯が溶けるくらい甘いヤツ飲みてぇ」

二人の会話を聞きながら、美波は小さく息をついた。重く垂れ込めた雲が自分の体にのしかかってくるようだった。

――大也は鋭い。

いや、鋭いんじゃない。ただ知っているだけだ。ずっと近くに住んでいる大也は、美波の家がどんなに歪《いびつ》なのか、美波が自覚しているよりもきっとよく知っている。

写真騒動以来、父は前にも増して不機嫌だった。母は父のご機嫌取りに心を砕き、合間に祖父母と連絡を取り合っている。祖父母の家のリフォームは順調に進んでいて、祖母からは「早くこっちにおいでよ」と弾んだ調子で電話がかかってくる。八重浜にいたい、と母に訴えるが、

「別にいいじゃないの。こんな田舎町にいるよりずっとマシじゃない。あんたのためを思って言ってんのよ」

と聞く耳を持たない。

美波という異分子を排除すれば、穏やかで仲のいい家族になると母は思っているに違い

ない。このままではなし崩しに祖父母のところに追いやられてしまうだろう。

ずっとこのままでいたいのに。

願いはただそれだけなのに。


冬場は海の中にいるほうが実は暖かい。海から上がると、冷えた空気が一気に全身を冷やす。がちがちと歯を鳴らしながらジャンケンで順番を決め、交代でガーデンの裏手にあるシャワーブースでお湯を浴びる。お湯といってもウエットスーツが傷んでしまうためほんのり温かい程度の温度だが、それでも生き返る心地がする。もちろん体を温めるほど浴びていられるわけではない。ウエットスーツについたと海水をさっと落とし、すぐに着替える。後ろに二人つかえているので、スピード勝負だ。

「美波、ちょっと」

店内の灯油ストーブの前で一息ついていると、香夏子が険しい顔つきで手招きした。

「十一月開催の大会にエントリーさせているわたしが言うことじゃないけど、やっぱりあなた、冬場のサーフィンもう少し控えなさい」

女性の体に冷えは良くない、と香夏子からは再三注意されている。それを振り切って波乗りしているのは美波だ。

「平気」

頑なに言うと、香夏子は店の奥をちらりと見やった。店内に設えられたミニキッチンでは、翔と大也が賑やかにココアを作っている。それを確認して、香夏子は声をひそめた。

「あなた、生理ちゃんときてる？」

美波は目をそらした。

「香夏子さんには関係ないでしょ」

「関係なくない。美波の体を心配してるの」

香夏子は小さく息をついた。

「あなたにはわたしみたいに後悔して欲しくないの。前にも言ったけど……」

「わたし、今日は帰ります」

言いかけた香夏子を遮った。

「え？　ちょっと美波、待ちなさい」

驚く香夏子から顔を背けた。

「美波？　どしたー？」

翔と大也が顔を覗かせる。二人からも目をそらし、美波はガーデンを飛び出した。

6

闇雲に歩きながら、自分に腹が立ってくる。

香夏子が本気で心配してくれているのはわかる。ありがたいはずなのに、どうしてこんなに苛立つのだろう。

無意識に家に向かって歩いていたが、ふと気づいた。今日は土曜日だ。この時間、母はまだ仕事しているし、聖也はこの春から通い出した塾に行っているはずだ。いま帰ったら、たぶん父と二人きりになってしまう。家には戻れない。

こういうとき、この町の不自由さを感じる。どこにも行く場所がない。

ガーデンに戻りたい気持ちを振り払うように横道に逸れた。波節神社へ向かう道だ。色褪せた鳥居をくぐり、息切れがする急勾配の階段を上る。吹きつける風がひどく冷たい。海から上がったばかりで、まだ温まりきっていなかった体がぶるっと震えた。

ぽつんと雫が頬に当たった。涙かと思ったが、曇天から落ちた雨粒だった。とことんついていない。

こんな天気の日に参詣する人の姿はなく、境内は静まり返っている。

美波は社に軽く頭を下げた。昔からこの神社にはよく来ていたけれど、実は賽銭を入れたことがない。そんな小遣いの余裕などなかったからだ。だから、ここの神様に何かを祈ったり、願い事をしたりするのはルール違反だと思っていた。美波はそのまま一番奥にある展望台へ向かう。そこからは、八重浜の海が一望できる。

子どもの頃から美波が祈りを捧げるのはこの海にだった。

お父さんとお母さんが離婚しませんように。お父さんが戻ってきますように。お父さんが迎えに来てくれますように。お母さんが美波を好きになってくれますように。

けれど、願いが叶ったことはない。

そりゃそうだ。海は神様じゃない。神様ですらなかなか叶えてくれないのに、そんな役割のない海に願い事を叶えてくれだなんて無茶ぶりにもほどがある。

わかっているけれど、願わずにはいられなかった。

「おねがいします。ずっとこのままでいさせてください」

両手を組み、目を閉じる。今日の海は、美波の心を映したかのように重苦しい灰色に沈んでいる。

香夏子が指摘したように、美波の生理は不規則だ。小六の冬に初潮を迎えてから、きたりこなかったり、量も少なめだ。

香夏子からは何度も女性の体に関するレクチャーを受けていた。香夏子は若い頃に子宮の病気を患い、子どもを産めなくなってしまったと聞いている。そのため美波の体を人一倍心配してくれていた。「何かあったら病院に連れて行くから遠慮しないで」とまで言われている。

親身になってくれる香夏子はありがたい。でも言えなかった。生理なんかこなくていいと思っていることを。

このままでいい。ずっとこのまま、翔と大也と美波の三人で波乗りをしていたい。三人でサーフィンを始めてから、ずっと同じことを海に願っている。

だけど知っている。美波が心から願うものは、何一つ叶わないという現実を。

絶え間なく頬に当たっていた雨粒がふっと消えた。振り返ると、翔がガーデンの備品の派手なハイビスカス柄の傘をさしかけてくれていた。そのとなりで大也は不機嫌そうな顔をしている。

「風邪引くだろ、このアホ！」

手にしていたタオルを投げつけられた。

「こらー、乱暴にしちゃダメだよ」

子どもに言い聞かせるように翔が言う。

「ここじゃ雨が当たるからお社の軒下を借りようよ」

年月を経てだいぶ朽ちかけている社の庇《ひさし》は、それでも三人を冷たい雨から守ってくれた。

「はい、どうぞ」

何やらごそごそとやっていた翔が、紙コップに入れたココアを差し出した。見れば保温の水筒を持参している。

「持ってきたの？」

「そうだよ。せっかく作ってたのに、美波いなくなっちゃうんだもん。大也もどうぞ」

白く湯気が立つ紙コップを受け取り、中身をそっと啜った。熱くて甘い液体が胃に落ちてゆく。美味しい、と呟くと翔は笑顔を見せた。

「でしょー？　ココアはね、お湯を少しずつ注いでちゃんと練るのがコツなんだ。そこに気づいてから段違いに美味しくなったんだよね」

大也も「うめーなー」とココアをずるずる啜っている。しばらく三人で黙ってココアを飲み、雨に煙る八重浜の海を眺めた。

どうしたのかと問わない二人が優しくて、涙が出そうになる。泣いてしまわないように息を吸う。

「前にさ、大学の環境調査用のボートを拝借して、あの島に家出しようとしたじゃない？」

一番手前の島を指差す。地元の人たちが久遠島と呼んでいる無人島だ。

「懐かしいな」

ぶぶっと大也が吹き出す。「あれ以来、ボートの管理、厳しくなったんだよなあ。ちゃんとプレハブ建てられて、頑丈な鍵かかってんの」

「悪ガキどもに勝手に持ち出されないようにだね」

「あんときの公子さんの剣幕、忘れらんねえよ」

笑い合う二人を見ていたら、堪えきれずに涙がぽつんと落ちた。

あの日、翔と大也は美波を仲間だと認めて一緒に連れて行ってくれた。だから美波は誓ったのだ。

この二人とずっと一緒にいられる人間でいよう、と。

生理なんかいらない。女の子になんかなりたくないし、誰が好きだとか誰と付き合いたいとか、そんな話とは無縁でいたかった。

「二人とずっと一緒にサーフィンしていたかったから」

拳で涙を拭う美波を、翔と大也が少しだけ驚きの混じった目で見ているのがわかる。

（男と女のあいだに友情なんか存在しない。そんなの、自分の気持ちを誤魔化してるだけ）

それは美波の母の口癖だった。

実父と母が離婚した理由はいろいろ挙げられるけれど、一番の理由はそこにあったと美波は知っている。

実父は香夏子と仲が良かった。二人は八重浜町で生まれ育った幼馴染みだ。サーフィンという共通の趣味を介して、気心が知れた仲だった。男女の枠を超えて仲が良かったし、男女の関係でもおかしくなかった。母は結婚する前も、結婚してからも二人の関係に嫉妬し続けていた。

実父がまだいたあの頃。

母は実父と美波がサーフィンに行くのをひどく嫌がり、何度も言い争いをしていたのを覚えている。香夏子と母を比べた時、母が半狂乱になったのも今では理解できる。

（お互いに気持ちがあるのがバレバレなくせに、ただの友だちだと言い張るのは卑怯だ。いっそ男女の関係になってしまえばいいのに。そうすれば、必ず終わりが来るんだから）

母が折に触れて言い続けた呪いは、悔しいけれど美波の心に深く刻み込まれてしまっていた。

——わたしはお母さんみたいにだけはなりたくない。

こんなふうに、何年経っても嫉妬に苦しむくらいなら、母はどうして香夏子の立つ場所を選ばなかったのだろう。

母の言う通り、男女の関係でさえなければ、友情はいつまでも続く。何年経っても消えないほどの憎しみを抱くこともない。だったら、そっちのほうがはるかにいい。

いつまでも翔と大也と対等でありたかった。一緒にい続けるために。

「対等か」翔が考え込んだ。「ぼくは美波を対等だと思ってるけどな」

「おれも。むしろ上？」

大也がおどける。美波が笑みを浮かべると、二人ともほっとしたように笑顔になった。

自分が感じているものは、たぶん二人には伝わらないだろう。いろんな感情がごちゃまぜになっていて、美波自身もよくわかっていないのだから。

口が裂けても言えないが、心の奥深いところには、二人を独り占めしたいという気持ちもあるのだ。翔を好きだという女子がいる。今まで嫌っていたくせに、大也をかっこいいと言い始めた女子がいる。そんな話を耳にするたび、優越感を抱いている自分も確実に存在しているのだ。

必ず終わりがくる。

春が来れば春の終わりを、夏が来れば夏の終わりを予感してしまう。待ち望んでいた季節を過ごしているはずなのに、終わる瞬間を恐れて楽しめないなんて本末転倒なのに。

「美波は大事だよ。一生、ずっと」

翔が言ってくれた。とても真摯な声だった。嬉しい言葉のはずなのに、ひどく泣きたい気分だった。

7

八重浜町長杯にはプロサーファーが何人も参戦する。前日入りしている彼らのために、ガーデン主催で前夜祭を開催するという。美波たちも誘われた。

「脇坂さんが来るんだって。話聞けるかも」

豪快かつトリッキーなテクニックを持つ脇坂海斗選手は、三人の憧れのプロサーファーだった。繰り返し動画を見て、彼のライディングをお手本にしている。

「香夏子さんがバーベキューの準備してるんだ。ゲストに焼き方させるのも悪いから、ぼくたちに手伝って欲しいってさ」

「おじさんがまた餃子を作ろうって張り切ってるんだ。手伝おうぜ。おれら、餃子のプロだしな」

バーベキューはゲストたちがさんざん波乗りを楽しんだあと、午後四時頃から始まった。実際のところ、美波たちに手伝えることなど何もなかった。バーベキューの火起こしから焼き方まで、遊び上手な大人たちがこぞって請け負ってくれた。餃子もプロ顔負けの手際で包んでしまう。芸術品のような仕上がりの餃子を前に、遊びに貪欲な大人たちの底力を見た気がした。中学生三人組は彼らに圧倒されながら、絶妙な火加減と味つけで焼いてもらった肉やら海鮮やらを美味しくいただいた。

期待していた脇坂はまだ姿が見えない。

「高速が事故で通行止めになっちゃって、遅れてるんだって。あと一時間くらいで着くみたい」

様子を聞いてきた翔が教えてくれた。

「肉とかエビとかエビを残しておかないとな」

「エビはあんたが好きなだけじゃん」

大也が珍しく気を回して、焼く前の食材を取り分けているのが微笑ましい。

アルコールが入った大人たちはみんな陽気で、サーフィンにまつわる色々な話をしてくれる。楽しい時間だった。

バイブレーションにしていたスマートフォンがジーンズのポケットで震えた。祖母からの電話かと思ったが、着信画面には母の名前が出ていた。美波がスマホを持つことに反対して以来、よほどの急用がない限り母から連絡は来ない。何かあったのかと思いながら、賑やかな輪から離れて電話に出た。

「あーもう、やっと出た。あんた今、どこにいるの」

開口一番、詰問され美波は口ごもった。正直にガーデンにいると言えば、また文句の一つや二つ言われるだろう。美波の態度で母も察したのか、受話口に大きなため息が吹き込まれる。

「まあいいわ。さっさと家に帰ってくんない？　わたし、急に残業になったの。お父さんと聖也の晩ご飯の支度してよ。ご飯は七時に炊けるようにセットしてあるからそれまでに用意するのよ。おかずは肉じゃがを作ってあるから温めて。お味噌汁は今朝の残りでいいから。お父さんのおつまみには冷凍のししゃもを焼くか、イワシの缶詰があるから開けてあげて。それと」

「ちょっと待ってよ」

早口でまくしたてる母を遮る。

「温めるくらいお父さんでもできるでしょ。今からどうしても会いたい人が来るの」

言いかけた美波を、金切り声が遮った。

「なにバカ言ってんの！」

ヒステリックな裏返った声が耳をつんざく。

「あんた、誰にご飯食べさせてもらってると思ってんの！　なに偉そうな口きいてんのよ。さっさと言う通りにしなさい」

通話の切れたスマートフォンを握って立ち尽くしていると、飲み物の補充にきた大也が気づいた。

「どうした、こんな暗いとこで」

母の命令を無視すれば父は機嫌を損ね、また殴られるだろう。いや、もっと酷い目に遭うかもしれない。前みたいに。それを思うとぞっとする。

「なんでもない」スマホをポケットにねじこむ。「手伝う？」

「もう終わるから平気。脇坂さん、もうすぐ着くって。おれ、緊張してきちゃったよ」

「なんであんたが緊張すんのよ」

言い合いながら歓談の輪に戻る。翔の姿を捜してみれば、女子プロサーファー二人と話し込んでいる。年上の女性を相手にどぎまぎしていれば可愛げもあるけれど、如才無い笑顔で受け答えしているのがなんとも小癪で翔らしい。

美波が帰ると言えば、翔も大也も切り上げて帰ると言うだろう。そうして当たり前のように美波を送ってくれる。どんなに脇坂に会うのを楽しみにしていても、美波のために我慢する。けれどそれじゃダメだ。帰らなくてはならないのは、美波の都合だ。

ちょうどそのとき、一台の黒いワゴン車がガーデンの駐車場に入ってきた。わっと歓声があがる。ああ、あれが脇坂さんの車なのか。みんな待っていたのだろう、出迎えるために立ち上がり、車を取り囲む。翔と大也も輪に加わっているのが見えた。

「お、ようやく脇坂くんが到着したか？」

トイレにでも行っていたのか、出遅れた男の人がのんびりと駐車場を見やった。さっきまでバリ島で大波を乗りこなした時の武勇伝を披露していたおじさんだった。

「わたし、家の用事で帰らなくちゃいけなくなったんですけど、香夏子さんに伝えてもらえますか？」

「構わないけど、香夏ちゃんを呼ぼうか？」

「盛り上がってるとこ水差しちゃ悪いんで」

と言うと、おじさんはビールで赤らんだ顔でにっこりした。

「了解。伝えておく。きみも明日エントリーしてるんだよね。いいライドするって聞いてるよ、楽しみにしてる。気をつけて帰るんだよ」

ありがとうございますと頭を下げて、暗い道を歩き出す。翔と大也が気づかないうちにできるだけガーデンから離れよう。

母が働きながら家事を担ってくれているのは重々承知している。聖也はまだ小さいし手伝いを任せられないのは仕方がない。父が何もしない人なのは嫌というほどわかっている。自分がやるしかない。作り置きしてもらっている食事を温めるだけの簡単な作業だ。やりたくないなどと言ってはバチが当たる。

わかっているけど、悔しかった。

脇坂選手に聞いてみたい話はたくさんあった。どんな質問をするかわくわくしながら三人で相談した。

歯を食いしばり、大股で歩く。大丈夫だ、翔と大也が美波のぶんまで話をしてくれているはずだ。

日は暮れ、あたりはすっかり暗くなっていた。ガーデンにいたときは焚き火や人の熱気で気がつかなかったが、だいぶ気温が下がっているようだ。山から吹き付ける冷たい風に雨の匂いが混じっている。もしかしたら雪になるかもしれない。明日の大会は厳しい条件になるだろう。

アパートまであと曲がり角一つ、というところで、後ろから自動車が走ってきた。歩道のない狭い道路だ。美波は邪魔にならないように端に寄った。車は追い越す際にスピードを落とし、美波のちょっと前で停車した。自分を心配した香夏子さんか誰かが追いかけてきたのだろうかと思って、足を止めた。

だが、運転席の窓から顔を覗かせたのは、知らない人だった。二十代前半だろうか。若い男だ。短い髪の毛は薄い緑色で、耳たぶと唇にはこれでもかというほどピアスがつけられている。車高を低くしたセダンタイプの車の窓ガラスは、スモークで覆われている。

関わり合いにならないほうがいい。美波は顔を伏せて歩き出そうとした。

途端、行く手を遮るように後部座席のドアが開き、腕をつかまれた。喉の奥からひっという音が漏れる。

腕をつかんでいるのも、運転席の男と似たり寄ったりの風貌の男だ。ぐいと引き寄せられ、男の胸が頬に当たる。タバコと香水と、唾液の乾いたような臭いがする。気持ち悪いと脳が判断するより先に、鳥肌が立つ。

「こいつ？　ただのガキじゃん。おれら、犯罪者になっちゃうでしょ」

男が笑いながら車の中にいる誰かに声をかけた。

「そんなのどうでもいいから、痛めつけてやって」

美波のいる場所からは、助手席に乗っている人は見えない。けれど、声は知っていた。甲高い、甘えるような声。

「萌香、ちゃん?」

おそるおそる訊ねると、萌香は冷ややかな口調で吐き捨てた。

「おめえなんかに名前呼ばれたくねーし。気持ち悪い。ムカつくんだって。ケンタ、さっさとしろって。タカシもぼさっとしてないで」

萌香は自分よりずっと年上の男に居丈高に命令する。運転席の男が降りてこようとドアを開けた。

やばい、と我に返った。車の中に連れ込まれては駄目だ。必死で身をよじり、腕をつかんでいる男に嚙みついた。

「痛ってえ!」

後部座席の男が悲鳴をあげてのけぞる。その隙に後部座席のドアを蹴った。男の体にドアが当たり、鈍い音が響く。

「くそ、このガキ」

降りてきた運転席の男が、コートの襟首をつかんだ。首が締め付けられる。首を後ろに反らして頭突きしようとしたが、背中を殴られて息が詰まった。後部座席が再び開き、男が出てきた。目に怒りの色を浮かべている。男の手がこちらに向かって伸びてくる。殴られる、と身構えた。

そのときだった。

「おまえら、何やってんだ！」

リカの声だった。第三者の登場に、美波を羽交い締めにしていた男の手が緩んだ。

「警察呼ぼう」

勇ましく仁王立ちしているリカの横には、スマートフォンを構えた藤野の姿もある。男たちは慌てたように美波の体から手を離し、

「こいつ、友だちなんすよ。ちょっとふざけてただけっす」

もごもごと言い訳をする。

「はあ？　この子を車に押し込めようとしてたろ。見てたぞ」

リカが怒鳴る。男たちは通報される前にとあたふたと車に乗り込む。だが、発進する前にリカが運転席の窓にぐいと体をねじ込んだ。

「このセルシオ、見覚えあるぞ。おまえ、五十嵐《いがらし》んとこの舎弟か？」

運転席の男が怯えたような表情を浮かべた。

「何やってっか知らねーけど、今度この子に手を出したら坂口《さかぐち》に言いつけるからな。ナンバーも顔も覚えたぞ」

「す、すいませんでした」

男たちが頭を下げる。ちらりと助手席が見えた。暗がりの中でもはっきりわかるほど濃い化粧をした萌香が、不機嫌そうにこちらを睨んでいた。

走り去ってゆく車に向かって、リカが「ばーか」と罵った。

「五十嵐って誰？　坂口って何者？」

藤野が不安げにリカと去りゆく車を見比べている。

「田舎町だからな、ヤンキーってもどっかで繋がってんだよ。五十嵐の兄貴分が坂口で、坂口はあたしの中学の一コ下の後輩。ずいぶん面倒見てやったんだ」

「リカちゃん、すごい」

感嘆する藤野に、リカは肩をすくめた。

「ダテにやんちゃしてないって。ってか、この歳になっても中学の頃の関係性を持ち出す時点で、あたしの世界がどんだけ狭いのかって話だよ」

それよりも、とリカは美波を振り返った。

「大丈夫か。怪我ないか？」

美波は腕をさすりながら頷いた。強くつかまれて痛むけれど、たいした痛みじゃない。胸がどきどきしているのは萌香に怒っているだけだ。怖いわけじゃない。

リカは周囲を見回した。

「今日はガーデンでメシ食ってんじゃなかったのか？　大也も翔もどうした。女の子を一人で帰らせるなんて、あいつらろくでもないな」

慌てて首を横に振った。

「二人に内緒で帰ってきたの。お母さんが残業で、急にご飯の支度しなくちゃならなくなったから。二人の邪魔をしたくなかったし」

リカは肩をすくめた。

「言い分はわかったけど、それであんたがあいつらにひどい目に遭わされたらどうすんだよ」

「ひどい目って、リカちゃん、彼女は中学生だし」

「中学生でも、小学生でもひどいことをする奴らはいる」

きっぱりとリカは言った。

「美波は女なんだ。気をつけないと。今回はたまたまあたしらがいたから良かったけど、そうじゃなかったらやばかったぞ。こういう時は、必ず大也か翔に送らせろよ」

「そんなのずるい」

つい呟きが漏れた。

「男だとか女だとか関係ないのに。自由に帰っちゃ駄目なんて変じゃん」

強く抗議するつもりだったが、声が震えた。まるで聖也が駄々をこねてるみたいだ。リカと藤野は顔を見合わせた。

「理不尽なのはわかるけど」

ひどく優しい声で口を開いたのは藤野だった。

「それでもさ、防げる危険は防ごうよ。大切な人を守れないのは、友だちとしてきついからさ。男だとか女だとか、そういう枠組みはとりあえず横に置いといて。ね?」

ぐっと胸が詰まった。唇を噛んだが、遅かった。涙が一粒、こぼれた。悲しいんじゃない。悔しかった。

「とりあえず、今日は帰ろう。遅くなっちゃったけど、大丈夫？　おうちの人に説明しようか」

藤野に言われて、はっと気づく。スマートフォンを見ると、母から何度も着信が入っていた。時刻は七時半を回っている。帰らなければ。

「ありがとうございました」

美波は二人に頭を下げた。

「ちょっと待てって。送るから」

リカが引き止めるのも聞かずに、駆け出した。

頬にぽつんと冷たい雨が当たった。

8

開ける前から予感はあった。

怒りに似ている重苦しい気配。ドアの隙間から漏れ出て、身にまとわりつくようだった。

それでもドアを開けたのは、これ以上遅くなったら事態がさらに悪くなると身にしみてわかっているからだ。

「すみません、遅くなりました。すぐご飯の支度します」

謝りながら靴を脱ぎ、台所と茶の間を仕切るガラス戸を開けた。テレビから賑やかな笑い声が響いている。一番よくテレビが見える定位置に座っている父親は、こちらに背を向けていて微動だにしない。手元にはチューハイの缶があるのが見える。怒っているのか、それともテレビに夢中になっているのか判断がつきかねた。

寒い、と叱られる前にガラス戸を閉め、台所に立った。肉じゃがが入っている鍋を火にかける。あとは缶詰を開けて、と考えながらふと違和感を覚えた。この時間、いつもなら聖也がお気に入りのアニメを見ているのではないか？　ちらりと見えた茶の間には弟の姿はなかった。

どきん、と心臓が脈打つ。玄関を確認するが聖也の靴はない。塾はとうに終わっているはずだ。父が騒いでいないから、どこか友だちの家にでも行っているのか。

ぞっとした。

今、この家には父と美波だけしかいない。

冷蔵庫を確認する。父が好んで飲んでいるアルコール度数九パーセントの缶チューハイは、六本パックを昨日買い足したばかりのはずだ。それが残り二本まで減っている。だいぶ酔っているに違いない。

どうしよう。前みたいなことをされたら。

スマートフォンで時間を確認する。母はあと二時間は戻らないだろう。残業のときは十時をすぎることも珍しくない。聖也はいつ帰ってくるだろうか。この時間に戻っていないなら、もしかしたら友だちの家に泊めてもらうのかもしれない。

どうしよう、どうしよう。

もう一度、ガーデンに戻ろうか。おばあちゃんに連絡をしようか。いや、そうしたらもっと酷い目に遭わされる。どうやったら叱られずにここから逃げ出せるだろう？　めまぐるしく考えるが、思考は上滑りしてまとまらない。

鍋が煮立つ音で我に返った。

そうだ、いつもだったら玄関を開けた途端に怒鳴られるはずだ。何も言わないところを見ると、もしかしたら泥酔して居眠りしているのかもしれない。そっとしておくのがいいかもしれない——と思いかけたところで、

「どこに行ってた」

低い声がした。

はっとして振り返ると、茶の間との敷居に父が立っていた。目がすわっている。

「ガーデンに行ってました。遅くなってすみません」

途端、手加減なしの力で頬を打たれ、吹き飛ばされた。戸棚にぶつかり、尻もちをつく。

「由希子が帰ってこいと連絡してからどのくらい経ったと思っている。何をグズグズしてた！」

「すみません、実はちょっと」

「言い訳するな！」

もう片方の頬も殴られる。耳に当たったのか、きぃんと耳鳴りがする。

「またあいつらと遊んでたんだろ！　言ったよな、男といちゃいちゃしてんじゃねえって。何いい気になってんだ、このクソガキ！」

襟首をぐいと締め上げられ、壁に頭を押し付けられる。

「おまえにはちゃんと教え込まないといけねえな」

壁に押さえつけられて逃げ場がない。父の顔が近づいてくる。

怖い。怖い。怖い。

恐怖で身体が縮こまってしまう。このあいだはなんとか逃げられた。今日は？　今日はどうなる？

父の手が美波のジーンズにかかる。足をばたつかせて逃れようとするが、喉元を押さえつけられて息ができなくなる。その手を外そうと足掻くが、びくともしない。そうこうしているうちに、ずるりと脱がされてしまう。どうしてわたしはこんなに非力なのだろう。

悔しい。

美波が中学に入った頃から、父の態度がおかしくなった。

すぐに機嫌が悪くなるところは変わらないし、不愉快であれば美波に手を上げるところも変わらない。けれど、時々、美波が入っているにもかかわらず風呂の扉を開ける。間違ったふりをして「ごめん」と言うが、目は笑っていない。何かの拍子に体を触ってくる。

気持ち悪くて避ければ、可愛げがないと殴られる。

とくに酔っていると駄目だった。

数ヶ月前、酔っ払った父と二人きりになったとき、襲われそうになった。そのときは必死に抵抗し、たまたま聖也が帰ってきたため、なんとか助かった。以来、父と二人きりにならないように気をつけてきたのに。

美波の抵抗が弱まったのを感じたのか、喉元を押さえつけていた父の手が離れた。酒臭い息を吐きながら、へへへと笑う。

「なんだ大人しくなって。いつもそうしてりゃ可愛いのに」

ぞっとした。

嫌だ。こんな男に好き勝手にされてたまるものか。

父が自分のジャージをおろそうと下を向いた瞬間を狙って、美波は蹴り上げた。狙っていた場所には当たらなかったが、父は腰骨を押さえて呻いた。その隙に、壁と父の間から逃げ出す。

「このクソガキ！」

玄関のドアを開けようとしたが、襟首をつかまれた。そのまま体を引き寄せられ、顔を殴られた。視界が白くなり、立っていられなくて台所の床にへたりこんだ。

完全に怒りのスイッチが入った父は、美波の腹を蹴り上げた。ぐふっと息が漏れ、さっきガーデンで食べたものがせり上がってくる。汚したら叱られると思ったが、止めようがなかった。その場に嘔吐する。吐いたものが父の足を汚したのか、ますます激昂する。

「なにしやがるんだ、てめえ」

背中を蹴りつけられて、自分の嘔吐物の上に崩れ落ちた。今度はわき腹を蹴り上げられ、仰向けに転がされる。まるでサッカーボールになったようだ。次はどこを蹴られるだろうか、と父を見上げた。それとも、もっと酷い目に遭うのだろうか。

こういうときは無になればいい。そうだ。そうすれば怖くない。大丈夫。慣れている。

「なんだ、その生意気な目は！」

父が怒鳴る。無になろうとしていた心に、ぽつんと疑念が落ちた。

この人が父親面をして家に入り込んできてから、数え切れないくらい殴られてきた。懐かないから、可愛げがないから、目つきが悪いから。理由などあってないようなもので、この人の憂さ晴らしのサンドバッグだった。

それでもずっと我慢してきた。機嫌を損ねないように、息を殺して生きてきた。誰かに訴えたなら、自分はここにはいられなくなるから。心を無にして、嵐が過ぎるのを待てばいい。

けれど、気がついてしまった。

なぜ、わたしがこんな目に遭わなくてはいけないのだ？

全身の血が逆流したかのように、怒りが体じゅうを駆け巡ってゆく。

這うようにして起き上がった。

洗いかごに、母が使った包丁があった。胸元が血と吐いたもので汚れているのが忌々しい。錆びた鉄のような臭いと、嘔吐物の胸の悪くなる臭い。父は汚れた爪先を見て、「くそったれ」と罵っている。使い込まれた包丁の柄はひんやりと冷たい。

こんなことをしてはダメだとわかっている。すべて台無しになるとわかっている。

「おい、おまえ、何してんだ」

美波の手元に気づいた父親の、うろたえたような声が響く。

ずっとこのまま、翔と大也と一緒にいたかった。そのためなら、なんだって我慢できた。

雨音が屋根を叩く音が聞こえる。

美波の願いは叶わない。だからわかっていた。このままでいられるはずなどないことを。

いつか必ずこの場所から離れなくてはならない。その日が、その時がくるのを、美波はずっと前から恐れていた。

だったら。

終わりが来るのを怯えて待つより、自分から終わらせてしまえばいい。

「ごめんなさい」

呟くと、涙がこぼれた。

第四章　翔

1

夕方から降り出した雨は、夜半過ぎに雪に変わった。ひどく寒い夜だった。

凶報はガーデンの店の電話によってもたらされた。明るい調子で電話に出た香夏子の声が尖り、次第に凍ってゆくのを翔は大也とともに見ていた。

足元が崩れてゆくような感覚を久しぶりに味わった。

ああ、そうだったと思い出す。

現実はこんなふうに不意打ちを食らわす。安心していると足をすくい、奈落に突き落とす。

母が死んだときのように。

そうだ、どうして忘れていたのだろう。現実は楽しいばかりではない。ときに恐ろしく残忍な牙を剝くと、どうして忘れて笑っていられたのだろう。


美波の不在に気がついたのは、脇坂の登場に盛り上がった場が少し落ち着いた頃だった。大人たちは乾杯を繰り返し、脇坂のために新たな肉や海鮮がバーベキューコンロにのせられ、だらけていた空気が華やいだ。翔は大也とともに話しかける機会を狙っていた。さっきまで何人もの大人たちが彼の周りに壁を作っていて、満足に顔も見られない状態だったけれど、ようやく隙間ができ始めていた。

「あいつ、どこ行った？」

大也がきょろきょろとあたりを見回す。

「トイレかな」言われて初めて美波の不在に気がついた。「さっきまでジャンプライドの店長と喋ってたけど」

美波を相手に話し込んでいたベテランサーファーは、脇坂のそばで何やら盛り上がっている。

「まさか一人で帰ったわけじゃないよね。電話してみようか」

翔はスマートフォンを取り出した。普段は、美波とスマホで連絡を取ったりはしない。二人とも暗黙のうちにスマホを持たない大也を気遣っていた。だが、呼び出し音が鳴るばかりで応答がない。メッセージを送っても既読にならなかった。

「言わなかったっけ？　用事ができたから帰るって言ってたよ。一時間くらい前かな」

ベテランサーファーの言葉に、翔は大也と顔を見合わせた。

それからまもなく、ガーデンの電話が鳴り響いた。

情報は不正確で錯綜していた。にわかに慌ただしくなる。タクシーが呼ばれ、財布とスマホを握りしめた香夏子が乗り込む。ついてゆこうとした翔と大也は英一に止められた。

「なんでだよ！　おれらも行く」

怒鳴る大也を英一がなだめた。

「状況がよくわからないんだ。大勢で動いても邪魔になるだけだから」

大人たちは粛々とバーベキューの後片付けを済ませると、宿泊先の民宿や旅館に散らばっていった。心配して残ろうとする彼らを、明日も早いからと説得して帰したのは英一だった。ゲストを気遣う英一は落ち着いていて、冷静を通り越してどこか薄情にも思えた。

翔と大也も家に帰っているように言われたが、二人とも頑として動かなかった。美波が心配だったし、何よりも一人にはなりたくなかった。大也も同じ思いだったはずだ。

さっきまで人いきれで暑いくらいだったガーデンの店内が、しんしんと冷えてゆく。ストーブを最強にしてもちっとも温まらなかった。静まり返った店内に柱時計の音だけが響く。大也は窓際のベンチに膝を抱えて座り、翔は少し離れた椅子でストーブの上のヤカンから立ち上る蒸気を見つめていた。

香夏子が戻ってきたのは、雨から変わった雪がアスファルトをうっすら白く染め始めた頃だった。

いったい何があったんだ、と詰め寄る二人に、香夏子はひどく疲れた様子で口にした。

「命に別状はないって」

安心していい言葉のはずなのに、胸が苦しくなった。命の無事を確認しなくてはならないほどの事態が、美波の身に起きたという事実に打ちのめされそうになる。

「父親に殴られたみたい。あの子は転んだと言い張ってるけど」

テーブルに肘をつき、こめかみを揉みながら香夏子は説明した。

「そんなの」

いつものことだよ、と言いかけて口をつぐんだ。継父からの暴力を、美波は周囲の目から必死に隠していた。だから、服に隠れて見えない部分にある痣や、なんでもない動作の合間に痛そうに顔をしかめることに気づかないふりをするしかなかった。大也も気まずそうに目を伏せている。

「お酒が入っていて、だいぶ手酷くやられたみたい。物音に気づいたリカさんが様子を見に行ったらしいの。おかげで通報も早かった。あの男だけだったら、きっと放置されて手遅れになっていた」

「リカが見に行くくらいだ」大也がぽつりと呟いた。「きっと尋常じゃなかったんだ」

二人の住むアパートは古く、防音性は脆弱だ。物音は筒抜けで、良くも悪くも住人たちは隣近所の騒音に慣れきっている。慣れきってしまうくらい、日常的に暴力があったのだ。

翔は拳を握った。

「で、怪我の具合はどうなの？　殴られた傷だけ？」

香夏子の顔色に不安を感じて急かした。まだ嫌な情報があるのだ。香夏子は痛ましいものを見るような眼差しで翔を見上げた。

「あの子、ほ……」

堪えきれず手のひらで顔を覆った香夏子の声が、ひどく遠く聞こえた。

「包丁を、自分のお腹に突き刺したって」

翔は息をのんだ。大也も、英一も言葉が出ない。香夏子がしゃくりあげた。

「くそっ」

大也がテーブルを殴った。

「あの子、あんな状態なのにわたしに謝るの。大会、出れなくなってごめんなさいって」

翔もまた握り拳に力を込めた。爪が手のひらに食い込んで痛い。もっと痛くなればいい。

あの子の痛みはこんなものじゃないはずだ。

窓の外では、慟哭のような海鳴りが響き渡っていた。

2

翌朝は悔しいくらいに晴れていた。

ひどく寒かったが、そのぶんすっきりと晴れ、海の青さが際立つ。雪は明け方にはやみ、うっすら積もったものもまもなく溶けた。サイズアップした波は綺麗な形で割れ、大会には申し分ない条件となった。

プロサーファーたちが華麗な技を披露するのを、翔と大也は離れた場所で見ていた。

プロの技を間近に見られると楽しみにしていた大会だった。自分たちも出場し、上位を目指すと張り切っていた。三人ではしゃいでいた時が、遠い昔のようだ。

「ヘンな奴らに絡まれてたんだってさ」

ぽつぽつと大也が話す。

「リカと藤野さんがちょうど通りかかって撃退したらしい。それで遅くなったから、クソ親父が怒ったんじゃないかって」

だからリカは心配して様子を窺っていたという。

(――叱られた腹いせに自分で刺しました)

救急車に乗せられる時、まだ意識があった美波は救急隊員にはっきりと言ったそうだ。

「おじさんが、おれらが病院に行くのを止めたのは、美波があの男にヤラれた可能性があったからだ。あいつが下着姿だったのを見てリカが配慮したんだ。おじさんのこと、悪く思うなよ」

翔は頷く代わりに吐き捨てた。

「前から思ってたんだ。なんで美波はあの男を庇うんだろう。もっと早く警察か児童相談所に助けを求めればよかったんだ。そうしたら、あんなやつ一発アウトにできたんじゃないの？」

大也は掠れた声で反論した。

「簡単に言うなよ。児相に言ったってどうせ何にもならないし、保護されたらややこしくなる」

「だけど！　保護されたほうがマシじゃないの？　それだけの虐待を日常的にやられてたんだよ」

つい口調が尖ってしまう。張り合うように大也の声も荒くなる。

「こんな田舎町で保護されたらどうなるか、わかってんのかよ。個人情報保護なんてあってないようなもんだぜ。あることないこと関係なしに噂が拡散する。あのクソ親父はもちろんだけど、母親や弟にも影響が出る。それに一時保護なんて長くても二ヶ月くらいのもんだ。期間が終了したら、また同じ家に戻される。そしたら、どうなると思う？」

翔は言葉に詰まった。おそらく報復が待っている。これまでよりもさらに陰湿で、狡猾な形で。

「それに保護されたら今までみたいに自由にサーフィンできなくなる」

「だけど！」

大也の言う意味は理解できる。だけど、反論しないではいられなかった。そうしないと、美波の窮状に見て見ぬふりをしていた自分が許せないから。

「自分で自分を刺したりするまで追い詰められてたんなら、サーフィンくらい我慢しても」

「サーフィンくらいじゃないいんだよ！　あいつにとっては」

大也も負けじと声を張り上げる。

「おれにはわかるよ。あいつにとって波乗りする時間がどれだけ貴重か。どれだけ救いになっていたか」

自分ばかりが理解しているような口ぶりに、頭に血が上った。

「ぼくにはわからないって言うのかよ！」

大也はひどく荒んだ目で翔を見返した。初めて会った頃のような眼差しだった。

「おまえにはわかんねーよ。だって、おまえは恵まれてる」

反論しようと開けた口からは、何も出てこなかった。

「香夏子も公子さんも、おじさんは時々とんちんかんだけど、まっとうな大人だ。子どもだからって馬鹿にしたり、自分の都合のいいように話を捻じ曲げたりしない。おれとか美波の親はそうじゃないんだ」

「ぼくは、ぼくだって」

繰り返すが言葉は出てこない。

「ぼくだって、なんだよ？　無理やり不幸ぶるな。おまえの不幸は母ちゃんが死んだくらいだろ。それだって、母親なんか死ねばいいと願ってる子どもに比べたら、考えようによってはずっと幸せかもしれないぜ」

悔しくて声を張り上げた。

「だから！　だからこそ周りに助けを求めるべきじゃないのかよ！」

大也は冷笑を浮かべたままだった。

「周りが何してくれる？」

たとえばさ、と大也は続けた。

「リカは男ができたらおれなんかほっぽり出して、帰ってこないなんてざらだった。三歳のときに丸二日間、おれ一人でアパートに残されたんだぜ。パンとお菓子と、ペットボトルのジュースをテーブルの上にどさっと置いて、それ食って過ごせって言われて放置された。ペットボトルの蓋が開けられなくてさ、水道の蛇口にも手が届かなくて、ベランダの空き缶に溜まってた雨水を啜った。リカがいつ帰ってくるのかわからなくて、心細かったのを覚えてる。だけど、怖くて寂しくて泣いてたおれを助けてくれる大人なんかいなかった。おれの泣き声は周りに聞こえていたはずなのに」

淡々と語る大也の横顔を、翔は呆然と見つめた。

「そんとき、おれが死んでたら間違いなくニュースになるだろ？　そしたら初めて言うんだ。周りに助けを求めりゃ良かったのにってさ」

同じことをおまえは言ってんだ、と大也は言う。

「なんにもしてやらなかったくせに、綺麗事ばかり言ってんじゃねえよ」

海に目をやる大也の横顔を、翔は唇を噛んで見つめた。

「あいつがどんな思いであのクソ親父を庇ってたのかはわからない。翔の言う通り、助けを求めるべきだったとも思う。けど、他人にはわからない理由があったんだろ」

八重浜町に来てから、誰よりも長い時間を一緒に過ごした友人は、まるで見知らぬ人のような顔をしていた。

3

言い争い以来、大也との間に透明な壁ができてしまった。登校も別々になり、休み時間になってもお互いに無視してしまう。

謝ろうかとも思った。けれど、言いすぎているのは大也のほうだ、と意地を張ってしまった。

学校が終わると、いつもの癖でガーデンに足を向けてしまう。美波が不在で、大也とも気まずい状態ではサーフィンするような気分にはなれなかったが、家に一人でいると落ち込んでしまいそうだった。ならば、ガーデンで香夏子の手伝いでもしていたほうが気が紛れる。

美波の事件は、香夏子にも大きなショックを与えたらしい。落ち込んでいて元気がない。

ふだん明るい人だけに火が消えたようだった。

つい昨夜も、翔が自室に入ってから、公子に訴えている声が聞こえてしまった。

(どうしてあの子を助けてあげなかったんだろう。わたしにはそんな権限がない、なんて言い訳してきた。母さんみたいに、よその子もうちの子も関係ないって言って守ってやればよかった)

香夏子の言葉を聞きながら、大也に言われたことを考えた。

香夏子が口出ししたら、事態はますます悪くなっただろう。美波の実父との関係で、美波の母親は香夏子にわだかまりを持っている。香夏子が何か言えば反発するだけだろう、と中学生の頭でも想像できる。

だったら、どうすればよかったのだろう？　今からでもあの子を救う手立てはあるのだろうか？

ガーデンのドアを開けると、真千子が中央の大テーブルでパソコンに向かい何やら作業をしていた。翔に気づくと、ひらひらと手を振る。香夏子は店の奥で誰かと電話をしているところだった。

「このあいだの大会の映像ですか？」

「うん。編集したやつ、スマホに送ってあげるから、面会できるようになったら美波ちゃんにも見せてあげて」

礼を言い、ミニキッチンに立つ。

「コーヒーでいいですか？」

「ありがと。砂糖もミルクもたっぷり入れて」

リクエスト通りのコーヒーを入れてテーブルに戻っても、香夏子の電話は終わらなかった。漏れ聞こえてくる会話は英語交じりだ。

「オーストラリアのサーフショップからだって。経営してるのが香夏子の昔からの友人でさ、ショップ手伝ってくれって誘われてるらしいよ。いいよね、オーストラリア。わたしもついてっちゃおうかな」

真千子がコーヒーを啜りながら言う。

「なに言ってるんですか。香夏子さんにはガーデンがあるから無理でしょ」

笑いながら言うと、真千子は「え？」と首を傾げた。

「ここ閉めるんじゃないの？　立ち退きかかってるんでしょ」

「なんの話ですか？」

初耳だった。

真千子はまずいという表情を浮かべ、慌てたようにパソコンに目を落とした。詰め寄ったが、「香夏子に訊いて」と逃げられた。

電話を終えた香夏子を問い詰めたところ、しぶしぶと白状した。

「町道を拡幅するって話が出てるの。ほら、海沿いの道は狭くて、歩道がなくて危ないでしょ。その計画は何度も議題に上がっては予算がないって立ち消えになってたんだけど、今度の町長は本気みたい。一年くらい前から打診されてる」

「なんで話してくれなかったのさ」

ごめん、と香夏子は言う。

「ガーデンの建物もだいぶ傷んできてるし、いい機会ではあるんだよね。近くに代替地を用意してもらえるし、立ち退き料も多少は出るからそれほど借金しなくても済みそうだし。そのつもりでいたんだけど、オリバーがね、誰から聞いたんだか知らないけど、せっかくだからオーストラリアにおいでよ、って」

実を言うと、ゴールドコーストの波にちょっぴり惹かれてる、と香夏子は冗談めかして笑った。

「だけど母さんもじき七十になるし、一人にはしとけないじゃん。それにガーデンがなくなったら、あんたたちも困るでしょ。わたしは八重浜町のドンでじゅうぶん満足だよ。あ、いらっしゃい」

ちょうど店にやってきた顔なじみの客の相手をするために、香夏子はテーブルを離れた。

「あれは迷ってるね」

頬杖をついた真千子がしみじみと言った。

「オリバーとやらに求婚でもされてるんじゃないかな」

「求婚？　そんな話、聞いてないですよ」

「わたしも聞いてない。ただの勘だよ。だけどまあ、ガーデンから離れるいい機会だと思うけどね。あの子もいい加減、航太さんの呪縛から解き放たれないと」

にこやかにサーフボードの説明をしている香夏子の横顔から目をそらした。

八重浜町にはガーデンがあり、いつでも香夏子がいる。その光景は永遠に変わらないと思っていた。

「翔、帰るの？　もう少し待ってなよ。寒いし車で帰ろう」

そう言ってくれる香夏子を断り、翔は外へ出た。


「あれ、翔くん？　奇遇だね」

まっすぐ家に帰る気になれず、波節神社にでも行こうかと歩き出した時、声をかけられた。萌香だった。

「ちょうどガーデンの近くを通ったから翔くんいるかなーって思ってたとこ。帰るの？じゃあ一緒に帰ろう」

腕が触れ合うほどの至近距離でにっこりと微笑まれる。ひと月ほど前に揉めて以来、会話していなかったが、わだかまりなどないようだ。

「ガーデンに用事じゃないの？」

「べつに欲しいものがあったわけじゃないし、翔くんに会いたかっただけだから」

萌香はうふふと口に手を当てた。

「栗原や河崎さんと一緒にいない翔くんと話す機会なんて滅多にないもん。ラッキー」

萌香はクラスメイトの噂話や、昨日見たドラマの話などを楽しそうに喋る。だが、翔が生返事しかしていないと気がつくと頬を膨らませた。

「もう、翔くんったらぜんぜん話してくれないね。そんなに河崎さんが心配？　あの子、いろいろ大変だったんだってね」

小首を傾げる萌香を見た。クラスメイトたちには、美波は怪我をして入院した、とだけ伝えられている。だが狭い町だ。完全に噂を食い止めるのは不可能だろう。

「いろいろ、って？」

どこまで萌香が知っているのか鎌をかける気持ちで訊いてみる。萌香は爪先立ちで伸び上がり、翔の耳に口を寄せた。甘い匂いが鼻孔をくすぐる。

「赤ちゃん、堕ろしたんでしょ？　噂になってるよ」

翔はまじまじと萌香を見た。心配そうな表情を取り繕っているけれど、隠しきれない喜色が浮かんでいる。この子は楽しんでいる、と気づくと怒りが爆発しそうになった。

もしも、萌香が本当に美波を心配していたなら見逃してやっただろう。助けになろうと手を貸したかもしれない。けれど、もう駄目だ。

「そんな噂、どうして流れるんだろう」

呟くと、萌香は首を傾げて言った。

「ヤン車に乗ろうとしてたのを見かけた人がいるって聞いたよ。ガラの悪そうな男たちと一緒にいたって。翔くんが知らないだけで、陰で色々やってんじゃないの、あの子」

「どんな車なんだろう」翔は考え込むそぶりを見せた。「ぼくが見かけたのは、セダンタイプのやつだったけど」

「フルスモークのセルシオだって」

打てば響く速さで萌香が答える。

そっか、と翔は足を止めた。萌香は小首を傾げたままこちらを見上げる。自分が可愛く見えると思っている仕草なのかもしれない。

「美波が怪我をした日、フルスモークのセルシオに連れ込まれそうになったんだ。リカさんが助けてくれたから未遂で済んだけど。あ、リカさんってのは大也のお母さんなんだけど。念のために車の写真を撮ったんだって。その画像をよく見たら、若い女の子が乗ってた。あれ、三峰さんだよね？」

「ひどーい、翔くんったらなんでそんな意地悪言うの？　写真なんか嘘でしょ」

萌香は唇を尖らせて頬を膨らませる。

「フルスモークって言ったじゃん。真正面からじゃないと写真撮っても写らないでしょ。正面にはあの人たち来なかったもん」

黙って萌香を見つめた。失言に気づいた萌香の顔が凍りついてゆく。だが、次に浮かんだのは叱責を恐れている表情ではなかった。面白い遊びをしている最中なのに水を差されたという不機嫌そうな顔だ。

「やっぱりそうなんだ。例の大也との写真を加工して拡散したのも、もしかしてきみ？」

忌々しげな舌打ちが響く。

「なんであいつらを庇うの？」

「友だちだから」

翔はきっぱりと答えた。

「三峰さんこそ、どうして美波を攻撃するの？　美波はきみに何もしていないよね」

はっ、と鼻で笑われる。

「なに、その信頼してます感。ホントうざい。そういうのが嫌なだけ。あいつ、男二人引き連れていい気になってるじゃん。べつに可愛くもないくせに、二人に大事にしてもらってます的な特別感だしてるのが気にくわないの」

吐き捨てる萌香に、翔は努めて淡々と返した。

「それは三峰さんの個人的な感想だよね」

「翔くんのそういうとこもうざい。何もかもわかっててますって感じで高みからもの言うの、何様？　田舎者だってわたしたちをバカにしてるんでしょ。転校してきたときから、そうだったよね」

まるで全身の毛を逆立てているハリネズミのようだ。

「リカさんが言ってたけど」

萌香の言葉には取り合わずに言った。

「車を運転していた男の人がつるんでるの、ちょっとやばめのグループなんだって？　最近は若い女の子を騙して、えげつない写真を撮って脅したりしてるって聞いたよ。なかには、仲間になったふりをして、他の女の子を紹介して、友だちや知り合いを同じ目に遭わせる子もいるらしいって」

萌香の顔色が変わる。構わずに続けた。

「あの加工された写真のオリジナルに写ってるの、本当は三峰さんなんじゃないの？　あんなもんじゃない、もっとひどい写真を撮られて脅されてるんじゃない？」

萌香は何も答えない。

「リカさんはなんのかんの言って優しいね。困ってるんだったら手を貸すって伝えてくれって。グループの上の人と知り合いなんだって。なんとかしてあげられるかもしれないってさ」

萌香が唇を噛んでいる。丁寧に塗っていたリップグロスはすっかり剝げ落ちてしまっただろう。

「わたしはそんなのしてないし。翔くんには関係ないよね」

拗ねたように言う萌香に、翔は頷いた。

「わかった。そう伝えておく。助けは不要だってね」

え、と萌香の目が泳いだ。

「ちょっと待って」

「待たないよ。ぼくはリカさんほど優しくない。三峰さんにはなんの義理もないし」

翔は萌香を見下ろした。

「ぼくは、ぼくの大事な人を傷つけるような人間を絶対に許さないから」

萌香が青ざめる。それを冷ややかに一瞥し、背を向けた。

「どうしてよ！」

悲鳴のような萌香の声が背中に突き刺さった。

「どうして、栗原と河崎だけなの？　わたしだって翔くんが転校して来た時から仲良くなりたかったんだよ。なんで二人だけ特別なの？　ずるいよ！」

翔は振り返らなかった。

この町に来たばかりのときの翔の気持ちを、萌香は知らない。あのとき、大也と美波が寄り添ってくれなかったら、翔はいまここにはいない。

だから、二人を守るのは当然だった。

4

面会を許されたのは、事件から五日後だった。

授業が終わった頃合いを見計らって香夏子からスマホにメッセージが入っていた。気まずかったが大也に知らせないわけにはいかない。見舞いに行くか訊ねると、「当たり前だろ」と素っ気なく返された。

隣の市にある病院に行くまでのあいだ、ガーデンの立ち退きの話や、萌香とのやりとりなど話したいことはたくさんあったが、ほとんど口をきかないままだった。

受付で病室を教えてもらい、薄暗い廊下を歩く。大也はきょろきょろと落ち着かない様子で後に続く。

病院の匂いは嫌いだった。嫌でも母が入院していた時を思い出してしまう。消毒液と配膳される食事の匂いが渾然となり、そこに人の体から分泌されるものがプラスされる。尿とか嘔吐物とか、涙とか。

教えられた病室の、引き戸が開けっ放しになっている入り口から中を覗き込む。奥の窓際のベッドのリクライニングが上げられていて、寄りかかる美波が見えた。

その顔を見た途端、胸が苦しくなった。頬に大きなガーゼが貼ってある。口元にはどす黒い痣があり、左目は眼帯で覆われていた。頭にも包帯が巻かれ、ネットで押さえられている。このわずかなあいだに痩せたのか、いっそう体が薄くなった。ひどく痛ましい姿だった。

病室に入ろうとして、美波のベッドの脇に座る中年の女性に気がついた。美波の母親だ。横顔しか見えないが、気の毒なくらい似ている。

ふっと美波の視線が動き、こちらを見た。途端、美波の無表情だった顔にかすかに色が差す。二人の訪問を喜んだというより、暗闇の中で光を見つけた人のようだった。

気配を感じたのか、母親が振り返った。看護師か医師だと思ったのだろう。愛想笑いを貼り付けていたが、翔と大也だとわかると不機嫌な顔つきに戻った。

「失礼します」

一礼して病室に足を踏み入れた。こういうときは、文句のつけようがないくらい礼儀正しくしていたほうがいい。大也がぎくしゃくと後に続く。

「美波さんの具合はどうですか？」

母親の眉間のシワが深くなった。値踏みするように翔を頭からつま先までじろじろと見る。その視線に負けないように胸を張った。

「先日は叔母に容態を話していただき、ありがとうございました。美波さんの無事を教えていただけてぼくたちもほっとしました」

あの日、ガーデンに一報を入れたのはリカだった。病院に駆けつけた香夏子は、一度は追い返されたが容態を聞くまではと粘っていた。ロビーで待ち続けていた香夏子を、病室に通してくれたのはこの人だった。面会ができるようになった、と連絡をしてくれたのもおそらくこの人なのだろう。

「しょうがないじゃないの。病院だって居座られたら迷惑だし」

はあ、と大きなため息をついて母親は立ち上がった。

「聖也が帰ってくるから、もう行くわ。美波、約束は守りなさいよ」

疲れたように言うと、母親は病室を出て行った。彼女の姿が見えなくなるのを待って、訊ねた。

「具合はどう？」

さっきまで母親が座っていたパイプ椅子に腰を下ろす気にはなれず、翔も大也も立ったままだ。

「くしゃみとかすると、すっごい痛い」

「当たり前だ、バカ」

遠慮のない大也の口ぶりに美波は柔らかく笑い、それから小さく首を傾げた。

「あんたたち、ケンカしてんの？」

思わず翔は大也と顔を見合わせた。

「してないよ」「してねーし」

二人の声が重なった。

「ならいいんだけど」

美波はつと真顔になると、翔と大也に視線を向けた。

「ごめんね」

美波の口から発せられる謝罪の言葉がとても重い。気づかないふりをして、明るい声を出す。

「ほんと心配したんだよ。脇坂さんも心配してくれてた。八重浜町長杯の優勝はやっぱり彼だったよ。すごいライドだったみたい。真千子さんが映像データくれたから、今度一緒に見よう」

「ジャンプライドの店長が春になったら一宮に遊びにおいでってさ。店先にテント張ってキャンプできるらしいぜ。いくらでも泊まっていいってよ」

ごめんね、と美波がもう一度呟いた。

「脇坂さん、来年から練習拠点をカリフォルニアに移すんだって。波の質が日本とは違うらしいよ。カリフォルニアに行く前にハワイに寄り道してパイプラインで波乗りしてくんだって。スケールが違うよね」

「そういや藤野さんからお見舞いにってなんか預かってたんだ。持ってくるの忘れちまった。なんか流行ってる菓子らしい。リカが羨ましがってたぜ」

「二人とも、ごめんね」

代わる代わる話しかける翔と大也を遮るように、美波は顔を上げた。

「わたし、仙台のおばあちゃんとこで暮らすって決まったんだ」

美波の口から淡々と言葉が紡ぎ出される。

「本当はね、ずっと前から言われてたの。おばあちゃんたちは孫と暮らせるって喜んで、わたしのために家をリフォームしてくれてるんだ。今まで行きたくないって抵抗してたけど、今回の件があったから」

そんな、と呟く声が掠れた。自分の顔がひどく強張っているのがわかる。だが、美波は微笑んでいた。

「お母さんね、あの人がしようとしてたこと、気づいてたって。だから、わたしのこと守ろうとしてくれてたの。わたしが勝手に、お母さんには何を言っても無駄だって思い込んでただけだった。お母さん、離婚するって決めてくれた。これから三人でおばあちゃんちに住む。聖也の気持ちの整理もあるから完全に離婚するのはもう少し先になりそうだし、お母さん弱いからずるずると続けそうな気もするけど。わたしはもうあの人と暮らす自信ないから、一足先におばあちゃんちに行く」

「そしたら、サーフィンは」

「やめないけど今までみたいにはできない。おばあちゃんちから海に行くには車が必要だし、週末のたびに送り迎えしてくれってわけにはいかないもん」

仕方がないよね、と他人事のように美波は言う。

「そんなの駄目だよ！」

大きな声が出た。ここが病院だと思い出して慌てて声量を下げたが、代わりに語気は荒くなってしまう。

「どうして美波ばかりが貧乏くじ引かなくちゃいけないんだよ。そんなの駄目だって」

驚いたように、眼帯で覆われていないほうの目が見開かれた。それからふわりと笑う。

「仕方ないよ」

諦めきった眼差しに反発心を覚える。どうして助けを求めてくれないのだろう。

「美波は悪くないじゃないか。なんで諦めてんだよ」

この子が自分で自分を刺すくらいまで追い詰められているとき、助けられなかった。もう二度とあんな思いは味わいたくない。

「美波、うちに来ればいい。一緒に住もう」

美波の目がきょとんと丸くなる。大也も驚き顔でこちらを見た。

「公子さんも香夏子さんもいい人だって美波もわかってるよね。大丈夫、きっと許してくれるよ。そうしたら転校しなくてもいいし、今まで通りサーフィンもできる。そうだよ、もっと早くからそうすればよかったんだ」

「翔、わたし、もう決めたの。お母さんと約束したから」

困惑したような美波の眼差しから目をそらした。駄目だよ、そんなの駄目だって。ぐずつく子どものように繰り返す。

「ぜったいサーフィンを諦めないでよ」

美波は困ったような顔のままだった。


八重浜駅に着くと、それまでずっと黙っていた大也が口を開いた。

「最初に謝っとく。このあいだは悪かった。言いすぎた。母ちゃんが死んで良かったなんて、そんなわけねーよな。ごめん」

一直線の謝罪に面食らった。大也はこんなふうに素直に謝れる人だっただろうか。今回の言い合いだって翔が謝るまでは折れないと思っていたのに。

「ぼくもごめん。イライラして八つ当たりしてた」

もごもごと謝ると、大也は頭を下げた。そのうえで、まっすぐに翔を見つめた。

「おまえさ、美波と一緒に暮らすって本気で言ってんの？」

非難めいた色が混じっていることに気づき、かすかに傷つく。大也なら真っ先に賛成してくれると思っていた。

「もちろんだよ。美波が何よりもサーフィンを大事にしてるって言ったのは大也だろ」

大也は首をひねった。

「たぶん美波は受け入れないと思う」

「どうしてさ」

「あの親父と離れられるんだったら、あいつは大丈夫だよ」

大也は何かを飲み込むように、一、二回頷いた。

「なに言ってんの。そうしたら美波はサーフィンできなくなるんだよ。美波のサーフィンはオリンピックの代表候補になれるくらいだってみんな太鼓判押してるんだろ。そんな子が親の都合で海から離れて暮らすなんてありえないだろ」

大也は少し考え込むように首を傾げていたが、やがて口を開いた。

「おれさ、東京に行く」

え、という形で口が固まった。

「リカが藤野さんと結婚するんだ。藤野さんの異動に合わせて東京で暮らすようになる」

「いつ……？」

訊ねる声が震える。どうして大也はそんなに平然としているのだ？

「まだわかんないけど、来年の春には」

もっと早く言おうと思ってたんだ、と大也は続けた。

「言い出せなくてごめん」

「嘘だろ？」

「嘘じゃない。リカは怖がってるけどね。藤野さんの両親にちゃんと認めてもらえるかって。けど、このあいだ会ったら二人とも藤野さんに似てすごく優しそうだったから、きっと大丈夫。おれのこともちゃんと受け入れてくれてる」

大也は照れ臭そうに、へへっと笑った。どうして笑えるのか不思議だった。

「大也もうちに来ればいい」

声が震えた。

「そうしようよ。いまさら親の都合で振り回されたって困るだろ？　大也も美波も八重浜町から離れたくないよね。三人でずっと一緒に波乗りしようって約束しただろ」

「おれだってここでずっとサーフィンしていくと思ってた。けど、あのリカが一緒に来て欲しいって言うんだよ」

大也はまっすぐに翔を見た。

「翔はさ、おれみたいなクズと一緒にいないほうがいいんだよ。ホントはもっと前からわかってたんだ。けど、三人でいると楽しかったからさ。それに、翔だって東京に帰りたいって気持ちがあるんだろ。こんな町から出て行って、父ちゃんと暮らしたいだろ」

大也の言葉を最後まで聞いていられなかった。

「ふざけるな！」

怒鳴ると、大也は面食らったような顔をした。

「ぼくは、大也をクズだなんて思ってない！」

大也に背を向けて、走り出した。


「お願いします」

と頭を下げる。たっぷり三十秒数えて顔を上げた翔の目に入ったのは、困惑顔の公子と香夏子、それと険しい顔の英一の姿だった。

三人を前に美波と大也の事情を説明し、一緒に暮らしたいと頼んだ。

「翔の言うことはわかるけどもよ。あたしはあんま頭良くねえがら、うまく言えねえけっども、なんだか違う気がすんだけっども」

公子はらしくなく口の中でもごもごと言い、助けを求めるように視線をさまよわせた。

「違わないよ。これは人助けだよ。大也も美波もずっと周りに助けを求めてたんだ。それにぼくたちは気づかないふりしてたから、こんなことになっちゃったんだ。今度こそ手を差し伸べないと駄目だよ。掃除も食事の支度も自分たちでやるよ。迷惑はかけないから。ね、香夏子さんだって二人をよく知ってるでしょ」

「あの子たちがいい子なのはわかってるよ、でもね」

香夏子もまた言葉を濁し、助けを求めるように英一に視線を投げかける。英一は眉間にシワを寄せている。

「その話は美波ちゃんや大也くんからお願いされたわけじゃないんだよね。翔の一存なんだよね?」

「そうだけど、そうじゃないよ。二人とも同じ気持ちだよ。自分から言い出せないだけだ。ぼくらが二人を受け入れるって言えば、大也も美波も喜ぶに決まってる」

言い募る翔に、英一は静かに言った。

「あの子たちにとって何が幸せかを考えてあげなさい。いま、きみは自分のことしか考えていないよ」

諭す口調の英一に、怒りがこみ上げてくる。

「二人の幸せを考えてるかだって? もちろん考えてるに決まってるよ。二人とも八重浜町でずっとサーフィンをしていたいんだ。父さんも知ってるよね。大也の母親は、大也に泥棒をさせてたんだよ。美波の母親は美波が暴力を受けていても知らんぷりしてた。そんなの親だなんて言えないよ。なのに今更、子どもが大事だって言うなんて都合よすぎる」

「翔」

説き伏せるような口ぶりで英一が名を呼んだ。

「本当はわかってるはずだよ。あの二人は、自分で自分の行く道を決めた。どれだけサーフィンをやりたいと思っていても、どれだけこの町にいたいと思っていても、自分や家族を守るために決断をした。その決断は尊重されるべきじゃないのかな」

英一はまっすぐに翔を見た。

「翔、自分が見たいものしか見えないようになってはいけないよ。きみは、自分が寂しいから二人を引き止めようとしているだけだ」

喉元に熱い塊がせり上がってくる。

「もういい！」

そのまま畳を蹴飛ばすように立ち上がる。

「翔！　待ちなさい」

香夏子の制止を振り切って、翔は家を飛び出した。

5

行くあてなどない。けれど、闇雲に走った。

まだ夕暮れ前なのに、ヘッドライトを点けて走る車が多い。空を覆う厚い雲からは、ちらちらと雪が舞い始めている。

走りながら、八重浜町はつくづく小さな町だと痛感する。こんなときに身を寄せられる場所なんてない。どこか遠くへ行きたくても道は限られていて、どこにも行けやしない。

泣くのを堪えているせいで、呼吸がめちゃくちゃだった。肺が痛い。脇腹も痛くなってきた。それでも足を止めなかった。

悔しかった。

どうして二人は一番大事なことを相談してくれなかったんだろう。八重浜町に来てから、大也と美波は誰よりも近しい仲間だった。なのに、どうして今まで黙っていたのだろう。

わかってる、と走りながら吐き捨てた。

翔だって、東京に戻るかどうかについて英一と何度も話し合っていることを、二人にはなにも伝えていない。

英一に指摘されるまでもなく、二人に八重浜町にいて欲しいと思うのは翔のわがままだ。大也と美波がこの町を離れる現実を淡々と受け入れているのは、二人がずっと前からこんな日が来ると予想していたからだ。翔はただ、毎日を楽しく過ごしていただけだ。終わりが来るなんて想像していなかった。

いや、違う。

終わらせるのは自分だと高を括っていただけだ。いつか自分は東京へ帰るだろう。三人の関係を終わらせる日を決めるのは自分だ、と。なんて傲慢だったのか。

ガーデンの暗い店先が見えてきた。

がむしゃらに走っていたつもりだけど、気づけば慣れ親しんだ道を選んでいた。この先に進むか、それとも横道に逸れて波節神社に向かうか。どうせどっちに進んでも同じだ、と思いながら足を緩めた。

いつもの浜は、曇天を映して暗く寒々しかった。波のサイズは大きく、割れるスピードが速い。サーフィンできるようなコンディションではなかった。

ふとガーデンの駐車場に見覚えのある黒いワゴン車が停まっていることに気がついた。運転席でスマホをいじっていた人も、翔に気がついて顔を上げた。

「脇坂さん？」

つい先日、町長杯で華麗かつダイナミックな技を披露してくれた脇坂が、笑顔で降りてきた。

「香夏子さんの甥っ子だっけ？　今日、ガーデン休み？　しまったな、連絡して来ればよかった」

「叔母は家にいますけど、呼びましょうか？」

「あー、いいよ。別に用があるわけじゃないんだ。仙台新港の地形がすごくいいって話を聞いてさ、ちょっと時間が空いたから遠征に来たんだ。カリフォルニアに行ったら気軽に来れないしね。ついでに八重浜まで足を延ばしたってわけ。怪我したって子も気になったし。大丈夫だったの？」

親身に問われて、堪えていた涙がこぼれた。

「え、なに？　そんなに大怪我だったの？」

焦った様子の脇坂に、翔はこれまでの出来事をぶちまけた。

最初は戸惑い気味だった脇坂だが、一通り聞き終えると、

「なるほど。子どもってのも大変だ」

と苦笑した。幼稚な悩みだと茶化された気がして、翔は付け足した。

「脇坂さんみたいに恵まれてる人から見たら、こんなのアホらしい悩みかもしれないけど、ぼくらにはサーフィンが救いだったから。だから、二人を波乗りができる環境にいさせてあげたかっただけなんです」

「ああ、ごめん。きみの悩みを軽んじたつもりじゃないんだ」

脇坂は運転席にもたれて伸びをした。

寒いから、と乗せてもらったワゴン車の助手席で翔はうつむいた。こんな見ず知らずといってもいいような人に打ち明けるんじゃなかった、と後悔が湧き上がる。

ふっと脇坂が笑う気配がした。後ろを振り向いてごそごそ何やら探っていたが、「はい」とチョコレートバーを手渡された。外国製の見るからに甘そうな代物だ。

「イライラしてるときは甘いもの食べるのが一番」

自分も一本齧りながら脇坂は言う。

「子どもってのは大変だよ。親や環境を自分じゃ選べないんだもんな」

翔は包みを開け、前歯で齧る。冷え切っているせいか、ひどく硬い。

「おれさ、恵まれてないよ」

脇坂がチョコレートバーをもぐもぐやる合間に言った。

「え？」

「おれんち、母さんが早くに死んじゃったんだよね。父はすぐに再婚したんだけど、新しい奥さんはおれを育てるのを嫌がって、おれは母方のばあちゃんに預けられたんだ。有り体にいえば実の父親に捨てられたってわけ。そのばあちゃんはおれが小五んときに死んじゃってさ。しばらくは親戚のあいだを転々として暮らしてたけど、行くあてがなくなって中学に入ったときに児童養護施設に入所したんだ」

翔はまじまじと脇坂を見つめた。

「親戚をたらい回しにされているときは殴ってくる大人もいたし、そこんちの子どもにいじめられたりもした。養護施設の人たちは親切だったけど、いい思い出ばかりじゃない。だから、大人に振り回されて思い通りにならない子どもの気持ちはわかるつもり」

すみません、と翔は小声で謝った。

世界ランキングの上位に入るくらいサーフィンが上手くて、当然のようにオリンピックの代表候補になる人だから、恵まれていると勝手に決めつけていた。

「べつに責めてないよ。いまのおれは恵まれてるし」

脇坂は笑った。

「小六の春だったな。そんときお世話になってた家のおじさんが、サーフィンを教えてくれたんだ。波乗りしたら人生変わるぞ、ってさ」

「ぼくもそれ、香夏子さんに言われました」

「なー？　なんで大人ってそういう言い方するんだろうな。イラっとするよな。たかがサーフィンくらいで、おれのどん底の人生変えられるわけねーだろって反発したね」

脇坂の言葉に翔は深く頷いた。

「初日は散々だった。きみもわかるだろ？　ボードにまたがることすらできない。膝サイズの小波に翻弄されて、しょっぺー水をさんざん飲まされてさ」

けど、楽しかったんだ、と脇坂は言った。

途端、目の前に青い海が広がった。初めてサーフボードと一緒に海に足を踏み入れた瞬間、もやもやしていた気持ちが溶けてなくなった。

そうだ。

サーフィンはいつだってそばにあった。

母が恋しかったとき、東京の友だちが懐かしくなったとき、この町に息苦しさを覚えたとき。いつだって海に入れば忘れられた。

「ま、そのあと色々あったけどサーフィンはやめなかった。結果、気づいたらプロになってたてさ。そういう意味じゃサーフィンで人生変わったっていえば変わったんだけど」

ふっと脇坂は真顔になった。

「さっき子どもは大変だ、って言ったけど、大人になっても大変なことはたくさんあるよ。そんな中、みんな頑張ってる。受け流したり、真正面からぶつかって砕け散ったり、諦めて流されるままになったり」

翔の脳裏にいままで出会った大人たちが浮かんだ。

身勝手にしか思えなかったリカや、美波の母親。飄々と生きているように見える香夏子、しがらみから解き放たれているように見える脇坂。

誰もがそれぞれ何かを抱えてここに立っている。初めてそういうふうに思えた。

「波乗りすると人生が変わるっていうけど、そんなの嘘っぱちで、波乗りくらいで人生は変わんないよ。大変なことはなくならないし、つらさも悲しさも消えない。けど、サーフィンしてるとなんとなくわかるようになるんだ」

脇坂が翔を見た。穏やかに微笑んで、目尻に浮かぶシワが優しい。同じような表情をどこかで見た気がする。

「サーフィンは自然が相手だ。まったくの凪で何もできないときがある。激しい波にもみくちゃにされるときがある。波はリクエストできない。けどさ、選べる目を持てるようになる。自分の力量で乗れないとわかる波は、やり過ごせる。どんな大きな波にだって、立ち向かわなくちゃならないときはそれと向き合う勇気が持てる」

きみたちはさ、と脇坂は翔を見た。

「これまでたくさんの波に立ち向かってきた。何度も波に揉まれ、悔し涙を流しただろう。不甲斐なさにくじけたり、理不尽さに腹を立てたりしながら。だからさ、いま目の前に立ちはだかっている波と向き合う勇気を身につけているはずだよ」

ああ、そうか、と気がついた。脇坂の表情は英一に似ていた。翔を見守り、教え諭すときの父の顔。

「さて、と」

脇坂はエンジンを切った。ワゴン車のバックドアを開け、積んであったウエットスーツに着替えだす。

「脇坂さん、まさか海に入るつもりですか？　今日はどう見てもクローズですよ」

海はますます荒れてきている。当然ながら人の姿はない。脇坂はサーフボードに手早くワックスを塗ると小脇に抱えた。

「まあ見てなって」

言うや、雪が積もり始めた砂浜へ駆け出す。翔も後を追いかけて、砂浜に降り立った。ひどく寒い。

波はあちらこちらで割れ、うねりは大きく、逆巻くような白波が海面を覆っている。翔の力量では、沖にすら出られないだろう。香夏子でも厳しいかもしれない。人間を拒むような荒々しさだ。

だが、脇坂は圧倒的な自然に挑む。白波だらけの海をすいすいと進み、大きく崩れる波を避け、割れる波をかいくぐり、その場所へとたどり着いた。ボードにまたがり、波が来るのを待つ。やがて、ひときわ大きなうねりが近づいてくる。浜で見ていても身震いするほどのサイズだ。

脇坂は気負うことなくパドリングを始めると、次の瞬間、大波にテイクオフした。

何度も映像で見た最高のライドが目の前に繰り広げられた。波の頂点で技を決め、カットバックを繰り返し、どこまでも乗ってゆく。

これまで彼はどれほどの波に挑んできたのだろう。どれだけの波にぶつかり、どれだけ敗れてきたのだろうか。だけど諦めずに立ち向かったからこそ、今がある。

ぽん、と肩を叩かれた。

大也だった。あちこち捜しながら来たに違いない。寒いのに額に汗が浮かんでいた。

「すげえな」

大也が呟いた。翔は拳で目を拭い、頷いた。

6

澄み切った青空を見上げた。空気はきんと冷え、頬が痛いくらいだ。濡れた砂浜はサーフブーツを履いていても冷たい。真冬の海に人影はなく、貸切だ。

海は冬の柔らかな光に透き通って碧い。波数は多くないが、肩サイズで綺麗に割れている。いい波だ。

振り返ればウエットスーツに身を包んだ大也がやってくるのが見えた。なぜかひどく険しい顔をしている。

「どうしたの、遅かったね」

言いかけてぽかんと口を開けてしまった。大也の後ろから同じくウエットスーツを着込んだ美波がついてきていた。退院して一週間になるとはいえ、まだ激しい運動は禁じられているはずだ。

「なにやってんの?」

「見ればわかるでしょ」

美波はぴしりと言い、ストレッチを始める。

「おれは止めたんだぜ」

言い訳がましく大也が言う。どれほど大也が止めようとも敵う相手ではないのは、翔にもよくわかる。

「心配しないで。軽く海に浸かりたいだけ。痛いのはもう嫌だから、無理はしないよ」

唖然としている翔に向かって、美波は穏やかに笑った。

退院してからの美波は、なにかを一枚脱ぎ捨てたかのようにしなやかに笑うようになった。内側から発光しているみたいに、明るく透き通って見える。

「お先に」

さっさとストレッチを終えると、美波はボードを抱えて波打ち際に走ってゆく。

「あ、こら、走るな、アホ!」

大也が慌てて追いかける。

「翔、おまえも早く来い」

感傷なんてかけらもないような二人の背中を見つめ、翔は苦笑した。

明日、美波はこの町を出てゆく。大也もまた、春が来る前にはここを出てゆくという。

不思議だなあ、と空を見上げる。途中から来た翔がこの町で暮らし続け、ずっといるものだと思っていた二人が遠くへ行ってしまう。

翔はこの町に残ると決めた。

決意を告げた翔に英一は、

「公子さんを案じているなら心配しなくていいよ。ぼくがこっちに来るから」

と言った。

何度も八重浜町に来るようになって、この町の持つ問題点と可能性を考えるようになったという。会社を早期退職して移住する道を前々から検討していたのだそうだ。

「そんなこと言ってさ、もしぼくが東京の高校に進学したいって言ったらどうするつもりだったの？」

「寮付きの学校だってあるし、下宿って選択肢もある。問題ないよ」

「ぼくと離れ離れで暮らすのが嫌だから、東京に戻ってきて欲しいのかと思ってた」

英一は朗らかに笑った。

「ぼくが戻ってきて欲しいって言ったら、翔は東京に戻ってきたの？」

言葉に詰まる翔に英一は続けた。

「前にも言ったけど、一緒に暮らしていてもそうじゃなくても、ぼくと翔が家族なのは変わらないよ。もちろんお母さんもね。それに公子さんも香夏子さんも家族だ。どれだけ遠く離れてたってそれは変わらない」

だから翔は気兼ねせずに好きにしていいんだ、と笑う英一は以前とは顔つきが違っていた。揺るぎなく、しっかりとこの場所に立っている。父さんはもう大丈夫だ、そう思えた。

「あー、気持ちいい。こんなに長いあいだ海に入らなかったのなんて初めてかも」

サーフボードにまたがり、美波は空を仰いだ。あまりにも自然な光景で、この姿が見られなくなるなんて信じられない。

「そんなんで八重浜を離れてどうやって暮らすんだよ」

大也が茶化す。

「香夏子さんが仙台のサーフショップに話をつけてくれて、ボードとウエットスーツを置かせてもらえるようになったの。だからバスで海まで行ける。大也こそどうすんのよ」

「調べたら、電車で湘南に行くしかないみたい」

世にも情けなさそうな顔で答える大也に、翔は美波と顔を見合わせ吹き出した。

「大也が？　サーフボード抱えて電車で、サーフィンの聖地、湘南に？」

「笑うな。おれだって場違いだって思ってる」

ひとしきり笑い合い、ふっと沈黙が訪れる。

ガーデンの立ち退きは本決まりになった。先日、香夏子が書類にサインを済ませ、年明けから工事が始まる。ガーデンは移転するが、再開は未定だった。

香夏子はガーデンの解体を見届けたのち、オーストラリアに行く。プロポーズ云々は保留らしいし、とりあえずひと月ほどの期間だが、

「少し八重浜じゃない世界を見てくるよ」

と晴れやかな笑顔を見せた。

永遠に変わらないものなんて何もない。寂しいけれど、それは仕方がないことだ。

でも、だからこそ自分はここにいようと思った。

「ぼくはさ、二人がいつでも帰ってこれるように、ずっと八重浜町にいるよ」

泣くもんかと思っていたのに、声が震えた。置いてけぼりのような気分になってしまうのは、自分が弱いからだと思う。

「だから、二人ともいつでも帰っておいでよ」

美波の顔がつられて歪む。大也の唇がへの字に曲がる。ああ、湿っぽくなってしまった。

そう思ったとき、大也が両手で海水をすくってこちらに跳ね飛ばした。

「ちょっと何すんの、冷たい！」

とばっちりをうけた美波が悲鳴をあげる。翔はまともにかぶってしまい、咳き込んだ。

「ちげーよ」

大也が声を張り上げた。

「そうじゃねーんだ。それじゃ駄目なんだ」

翔は美波と顔を見合わせた。

「どういう意味?」

「おまえも自由なんだよ!」

大也はまっすぐに翔を見つめた。

「この町にいてくれるのは嬉しい。いつでも帰れる場所があると思ったら心強い。けれど、翔もどこにでも行けるってことと忘れんな。ここにいたかったら、ずっといてもいい。けど、おれたちのためってことに縛られるんじゃねえよ」

口調は乱暴なのに、笑顔の大也が眩しかった。この笑顔がずっとそばにいてくれた。

「また一緒に波乗りしようぜ」

大也の言葉に翔は頷いた。一回だけじゃ心もとなくて、二回、三回と力強く頷く。大也はへへっと照れたように笑った。

「ほら」

美波が水平線を指差した。

「波が来る」

よし、と大也がパドリングを始めた。無理はしないと言っていたはずなのに、美波もボードに腹ばいになる。翔も二人に後れを取るまいと波を追いかけた。

ぼくらはこのさき、どんな波に出会うのだろう。

だけど、と思う。

きっといつだって楽しんでいけるはずだ。

終章

海沿いの道を、水色のワンボックスカーはじれったくなるくらいのんびりと走ってゆく。防波堤に遮られて海は見えないが、開け放した窓から潮の匂いが流れ込んでくる。陽射しは強いが、涼やかな風が心地いい。絶好のサイクリング日和なのだろう。さっきから、派手なウェアに身を包んだロードバイクの人たちが、ひゅんひゅんとワンボックスカーを追い抜いてゆく。

「父さん、もうちょっとスピード出ない？」

翔はハンドルを握る英一にダメ元で声をかけた。英一は背筋をぴんと伸ばし、生真面目に前を見つめたまま「だめだよ」と言う。

「ここは三十キロ制限の道路だからね」

「わかってるけどさー」

香夏子はもちろん、公子だってもう少しスピード出して運転するんだけどな、とぼやきたくなる。英一の慎重さにはもう諦めがついているのだが、気が逸っているいまはひたすらもどかしい。

英一が知り合いの漁師から格安で譲ってもらったという車は、最初に見たときは本当に走るのかと不安になるほどボロボロだった。それを英一は半年かけてレストアした。几帳面な性格が細部に滲み出ていて、素人仕事とは思えない仕上がりになっている。車体には大きく〈ガーデン〉の文字が躍っていた。

明日、再オープンを迎えるガーデンは、ショップの他に新たにグランピング施設も併設していた。その初めての宿泊客を迎えに行くところだった。

「大丈夫だよ、時間に余裕はあるでしょ」

「そうなんだけどね」

安全第一だよ、と言う英一に不承不承頷く。

助手席の窓枠に頬杖をついて、ゆっくりと通り過ぎてゆく景色に目を向けた。

今年の春先に、長く続いていた工事が終了し、八重浜の町道は広くなった。工事に伴い古い建物が取り壊されたり移転したりしたため、海沿いの風景がだいぶ変化するのではないかと覚悟していたが、蓋を開けてみれば何も変わっていない気がする。

道路沿いに生えている松の木々、カモメのフンで白く汚れている防波堤、道路脇の空き地にこんもり盛られているホタテやカキの貝殻。見慣れた八重浜の風景だ。

「あれー？」

英一が声をあげた。

「チヨさんだ。どうしたんだろう」

見ると、歩道にちんまりと座っている人の姿があった。英一はウィンカーを出して道路の端に寄り、車を停めた。

「チヨさん、どうかしたの？」

英一が運転席から降りてゆく。

「英ちゃんかー。買い物から帰る途中なんだけっども、腰痛くて休んでたんだべ」

座り込んでいた老齢の女性が顔を上げた。公子の友人や、同じ町内会のご婦人方とはたいてい顔見知りの翔だったが、見覚えがない顔だ。

「チヨさんち、波磯地区の向こう側じゃない。ここから歩いて帰るの？　無理だよ、送ってくよ。翔、手を貸して」

「はーい」

逸る気持ちをのみ込んで車を降りた。八重浜町に移住してきて三年になる英一は、いつのまにか翔よりも幅広い交友関係を築き上げているようだった。

「遠回りになるべや。ちょっと休んでけば大丈夫だから」

「いいから、いいから。今日は十月にしては気温が高いし、熱中症になっちゃうと大変だよ」

「ごめんなぁ」

英一がチヨさんに手を貸して助手席に乗せているあいだに、翔はぎっしり荷物が詰まっている手押しカートを車に運んだ。一人では持ち上げられず、英一と二人掛かりでカートを後部座席にのせる。

「悪いけど、さきにチヨさんちに寄るね」

英一が耳元で囁いた。翔は苦笑で応じる。スマホで時間を確認したが、電車の到着時間まではもう少し余裕がある。寄り道してもぎりぎり大丈夫そうだ。

「チヨさん、ずいぶん買い物したんだね」

二人がきちんとシートベルトを締めたのを確認して、英一は慎重に車を発進させた。

「んだ。明日はサーフィンの大会なんだべ？　孫が友だち連れてこっちさ来るっていうから、なんかうめえもん作ってやっぺと思って。田舎料理で恥ずかしいんだけっどもよ」

翔は後部座席からバックミラー越しに英一の顔を見た。英一も翔の視線に気づいたのか、意味ありげな目配せを投げてくる。

冬の初めに行われていた八重浜町長杯の日程を、十月上旬に変更するよう働きかけたのは英一だった。そのせいか格段に参加者が増えた。

「チヨさん、サーフィンの大会なんか知ってるんだ」

「よくわかんねえけっども、孫が楽しみにしてんだ。それに波磯の婦人会でも浜焼きの屋台だすんだ。その手伝いすっからよ。漁協でも芋煮を作るって気張ってるし、なんだか波節神社の祭りみたいに盛り上がってっぺ」

八重浜町が主催している大会なんだから町全体で盛り上げないと、と役場の観光課や漁協組合、婦人会や青年会と連携して、町長杯の盛り上げに一役買ってきたのも英一だ。

「サーフィンなんて若いやろっこたちの遊びだべ」と関わり合いを避けていた町の重鎮たちを根気強く説得してきた。

「お孫さんもサーフィンするの？」

「始めたばっかりだから、大会には出れねえけどもよ。好きな選手が来るんだって張り切ってんだ」

そっかあ、と英一は嬉しそうに笑った。

チヨさんを家まで送り、「お茶っこ飲んでけ」という熱烈な誘いを丁重に断った。

「今日は用事があるんだ。また今度、お邪魔させてもらうね」

その代わり、野菜やらお菓子やらをたんまり頂戴してしまった。

「ごめん、ちょっと遅れちゃうかも」

ワゴン車を運転しながら英一が謝った。

「大丈夫。メッセージを送っとくから」

メッセージを送信すると、了承する旨の短い返信が立て続けに入った。

「今回の町長杯が盛り上がっているのは、翔の手柄だね」

英一がハンドルを握りながら微笑んだ。

「え、父さんじゃなくて？　ぼく、なにもしてないよ」

「サーフィン同好会を作って盛り上げてるじゃない」

中学生活の最後の年、翔は八重浜中学校にサーフィン部を立ち上げた。隣の市の高校に進学してからも同好会を作って活動している。今年の夏は同好会主催で、小学生たちにサーフィンを教える教室を開催し、好評を博した。

もちろん、翔ひとりの力ではない。香夏子や英一をはじめとする大人たちの手助けや、仲間たちの協力があって実現したことだ。

「若い人が頑張ってると、みんなも頑張ろうって思うようになるんだよ」

翔たちが同好会で取り組んでいるサーフィンの後のゴミ拾いは、いつのまにか八重浜で波乗りをするサーファーたちのあいだに浸透している。そのおかげで町の人たちの意識も変化し始めたのだと英一は言う。

「八重浜町はいいところがいっぱいあるのに、住んでる人たちはその良さをわかってなかったと思うんだよね。外から来た人たちが八重浜町はいいところだ、って言ってくれることで、自分たちの町の良さを再認識できるようになってきた。それもこれも翔たちが、外から人を呼び込むようになったからだと思うよ」

褒められて嬉しかったが、そんな大層な意識で始めたわけではなかったので面映ゆい。

「きっと驚くんじゃないかな。今回の八重浜町長杯の盛り上がりを見たら」

英一がふふっと笑った。その言葉に翔も頷く。

永遠に変わらないものなんてない、と知った。だとしたら、少しでもいいほうに変わってゆけたらいい。

水色のワンボックスカーは制限速度をきっちりと守りながら、運河に架かる橋を渡り、駅へと向かう緩やかな坂道を登ってゆく。

もうすぐ見えるはずだ。この町の変化を誰よりも喜んでくれる友人たちの姿が。古ぼけた駅舎の前で、翔の到着を今か今かと待っているだろう。

さあ、胸を張って二人を迎えよう。

本書は第十二回ポプラ社小説新人賞特別賞受賞作
『波とあそべば』を改題したものです。

遠い町できみは

二〇二四年三月十一日　第一刷発行

著　者　高遠ちとせ
発行者　加藤裕樹
編　集　野村浩介
発行所　株式会社ポプラ社
〒141-8210　東京都品川区西五反田3-5-8
JR目黒MARCビル12階
一般書ホームページ　www.webasta.jp
印刷・製本　中央精版印刷株式会社

高遠ちとせ Chitose Takato

1973年、宮城県仙台市生まれ。
幼少期より物語を手書きのノートに書き溜め、「小説家になる」夢を追い続けたが、
覚悟の不足を感じ長年続けた仕事をやめ執筆に没頭、
応募した原稿（応募時タイトル『波とあそべば』）がポプラ社小説新人賞特別賞を受賞、
本作によって作家デビュー。愛猫家。宮城県在住。

ⓒChitose Takato 2024　Printed in Japan　N.D.C.913/278p/19cm　ISBN978-4-591-18130-0　P8008452